Mario Benedetti

La tregua

休战

[乌拉圭]马里奥·贝内德蒂　著

韩烨　译

作家出版社

（京权）图字：01-2020-5041

图书在版编目（CIP）数据

休战 /（乌拉圭）马里奥·贝内德蒂著；韩烨译. —北京：作家出版社，2020.10

书名原文：La tregua

ISBN 978-7-5212-1116-0

Ⅰ.①休… Ⅱ.①马… ②韩… Ⅲ.①日记体小说–乌拉圭–现代 Ⅳ.①I782.45

中国版本图书馆CIP数据核字（2020）第170396号

La tregua by Mario Benedetti

Copyright © 1960 by Mario Benedetti

This translation published by arrangement with Fundación Mario Benedetti,c/o Schavelzon Graham Agencia Literaria

www.schavelzongraham.com

Simplified Chinese Edition Copyright ©2020 by The Writers Publishing House

All rights reserved.

休 战

作　　者：〔乌拉圭〕马里奥·贝内德蒂
译　　者：韩　烨
责任编辑：赵　超
装帧设计：吴元瑛
出版发行：作家出版社有限公司
社　　址：北京农展馆南里10号　　邮　　编：100125
电话传真：86-10-65067186（发行中心及邮购部）
　　　　　86-10-65004079（总编室）
E-mail:zuojia@zuojia.net.cn
http://www.zuojiachubanshe.com
印　　刷：北京通州皇家印刷厂
成品尺寸：130×185
字　　数：135千
印　　张：7.125
版　　次：2020年10月第1版
印　　次：2020年10月第1次印刷
ISBN 978-7-5212-1116-0
定　　价：45.00元

马里奥·贝内德蒂　　　摄影：Eduardo Longoni

作为乌拉圭驻华大使，我非常荣幸地向大家介绍著名的乌拉圭作家和诗人马里奥·贝内德蒂撰写的《休战》。马里奥·贝内德蒂曾获十一项国际大奖，其中包括索菲亚王后拉丁美洲诗歌奖。

今年是马里奥·贝内德蒂一百周年诞辰，也是对乌拉圭民族文化极其重要的一年。贝内德蒂为乌拉圭文学和世界文学做出了巨大贡献，他的作品是乌拉圭的真实写照。

在此，特别感谢作家出版社一直致力于在中国宣传乌拉圭文化和拉美文化，使我们的文学作品被更多中国人所了解。同时还要感谢译者韩烨女士，为我们呈现如此优秀的作品。

下面让我们一起欣赏贝内德蒂的作品。

费尔南多·卢格里斯

乌拉圭驻华大使

马里奥·贝内德蒂：

"我们活着，仿佛不死之身……"

奥滕西娅·坎帕内拉[*]

生　平

马里奥·贝内德蒂于 1920 年 9 月 14 日出生于帕索德罗斯托罗斯（Paso de los Toros），一座距离乌拉圭首都蒙得维的亚三百公里的小城市。

举家迁往蒙得维的亚后，在祖父（为改良一间乌拉圭酒窖而从意大利移民而来的酿酒师）和曾研读化学的父亲的影响下，贝内德蒂进入深受科学家推崇的德文学校就读。然而，当他还是个孩子时，就对文学情有独钟。

贝内德蒂很小就学会了阅读，在德文学校便开始了写作，

---

[*]　奥滕西娅·坎帕内拉是马里奥·贝内德蒂基金会主席，传记《马里奥·贝内德蒂：一个最谨慎的传奇》（*Mario Benedetti: un mito discretísimo*）的作者。

学习刻苦。尽管纳粹主义的到来导致他只在那里念完了六年小学，但这段经历不仅令他掌握了一门语言，还对他性格的形成起到了十分重要的作用。

家中拮据的经济状况让贝内德蒂在中学读到一半时就不得不立即参加工作，多年来从事过的行业不胜枚举。只有当他的名字广为人知、作品在乌拉圭成为畅销书后，他才能够专职写作——尽管记者的工作也是他谋生的手段之一。从年轻时起，活力、智识层面上的好奇心和拓展眼界的欲望，都使他热烈地生活着。

他做访谈，撰写旅行笔记和评论文章，同时也担任过著名的《前进》（*Marcha*）周刊的文学主编。随着时间的流逝，他将更多精力投入到文学中，创办了哈瓦那美洲之家文学研究中心，并曾任教于乌拉圭共和国大学人文系。

在与终生伴侣露丝·洛佩兹·阿莱格雷结婚后，贝内德蒂频繁地旅行，但政治立场和乌拉圭独裁统治的到来却成为了他背井离乡的原因，辗转于多个被他称作"替补祖国"的地方生活：先是后来因收到死亡威胁而逃离的阿根廷，之后是秘鲁、古巴，最后到了西班牙，在那里一直生活到乌拉圭独裁统治结束，并将西班牙的临时住宅几乎保留到了生命的最后。

贝内德蒂严肃且公正对待的文学评论工作、和蔼可亲的性格，使他与拉丁美洲和欧洲的许多作家建立了友谊。而政治斗争和对左翼思想的表达，也为他招致了无法将文学与政治区别对待的人们的憎恨以及对其作品的不公正评价。

贝内德蒂的文学产出十分惊人，一生共创作了超过九十部作品，并以不同的强度涉及了几乎所有体裁。如果说作为小说家和诗人的贝内德蒂广受赞誉，那么他作为文学评论家的身份则并未得到应有的认可。即便如此，在西班牙语世界的各个角落和超越语言边界之处，贝内德蒂的作品所激起的欣赏、爱意甚至崇敬，仍然令他成为了一位非凡的人物。他的诗歌不仅影响了年轻的诗人，更改变了众多读者的生活，这是许多作家所渴望达到的境界。从很早开始，贝内德蒂就渴望与读者建立一种深刻的交流，在成功实现了这一点后，他获得的不仅是赞誉，更在普通人心中留下了永久的印记。

从2003年开始折磨妻子的重病，令贝内德蒂无法离开心爱的城市蒙得维的亚，露丝离世后，他依然在那里生活，直到2009年5月17日去世。

作　品

诗人、小说家、散文家，马里奥·贝内德蒂一直以来都将自己视为乌拉圭人和拉丁美洲人。从童年起，在他对文学的热爱萌芽之时，乌拉圭首都蒙得维的亚便成为了他天然的创作背景，他作品中的舞台，以及他笔下人物存在的理由。贝内德蒂经历了二十世纪上半叶乌拉圭的和平时代，通过描述蒙得维的亚小资产阶级的平庸和苦闷，成为了枯燥日常的记录者。他的《办公室的诗》（*Poemas de la oficina*，1956）将日常生活、中产阶级和城市语境引入诗歌，彻底改变了拉普拉塔河两岸的文学氛围。短篇小说集《蒙得维的亚人》（*Montevideanos*，1959）和长篇小说《休战》（*La tregua*，1960）更是让这一革命性的改变发扬光大，后者是他在国际上最知名的作品之一。

他对文学怀有强烈的热爱，从孩提时代就开始写作，尽管健康状况很不稳定，直到生命的最后都一直饱受哮喘的折磨。成为像自己崇拜的作家——先是阿根廷诗人巴多梅罗·费南德兹·莫雷诺（Baldomero Fernández Moreno），然后是西班牙诗人安东尼奥·马查多（Antonio Machado）——那样的诗人，于别人而言这或许只是愿望，但对他来说却是钢铁一般的决心和"顿悟"。

正因为此，他获得了一种代价昂贵但却充满活力的信念，正如《日常集》（*Cotidianas*）中某首诗所言：需要"像捍卫战壕一样"、"像捍卫原则一样"、"像捍卫旗帜一样"、"像捍卫命运一样"、"像捍卫信念一样"、"像捍卫权利一样"捍卫快乐。这种在他的生活和作品中建立的信念，是作品与创作者之间所存在的非凡一致性的又一佐证。

我们知道，贝内德蒂把青春奉献给了写作，但也奉献给了阅读和研究外国文学。为了用原文阅读，他运用所学的德语，并学习了其他外语。由于工作时间过长，他无法常常参加文学聚谈，但逐渐结识了一些后来将成为杂志社——最初是大学杂志《转向》（*Clinamen*），接着是由他本人创办的《边缘之地》（*Marginalia*），最后加入了在乌拉圭文学界影响深远的《数字》（*Número*）——同事的人。

贝内德蒂对知识有着广泛的好奇心。在结识了与自己相守一生的露丝·洛佩兹·阿莱格雷和她的父亲（一位受人尊敬的画家）之后，马里奥开始对造型艺术产生兴趣。这种兴趣——尤其是对绘画的喜爱——将持续终生。他与雷内·波托卡雷罗（René Portocarrero）、何塞·加马拉（José Gamarra）、安东尼奥·弗拉斯科尼（Antonio Frasconi）、马里亚诺·罗德里格斯（Mariano Rodríguez）和比森特·马丁（Vicente Martín）等各国艺术家成为了朋友，一生收藏了数量不多却很美的作品。

二十世纪中叶向我们呈现的是一个生活拮据、新婚燕尔、全身心投入于文学之中的贝内德蒂。他撰写评论文章，创作短篇小说，但写得更多的是诗歌——一直以来，他都认为自己首先是个诗人。在贝内德蒂看来，诗句是实现他想要与读者交流这一伟大的生命和文学目标的最佳工具之一。他曾说过："我写作不是为了吸引更多的读者，而是为了让身边的读者读懂我的生活。"

终其一生，贝内德蒂都是这样做的，因而走近了一代又一代刚刚接触文学的年轻人。但最值得一提的是，贝内德蒂不仅留在了他们的灵魂之中，也留在了他们不再年轻时的阅读中。正因为此，贝内德蒂的国际影响让他的作品被译成了非常多的语言——据我们所知，有近三十种。

贝内德蒂逐渐开始以评论家的身份获得了一些奖项，其中一部在一项散文比赛中获奖的作品，有着一个对不远的未来非常重要的题目：《当代西班牙语美洲文学中的扎根与逃避》。从那时起，我们可以指出一种根本性的特征，即对待生活的态度与创作方向之间的一致性。这种一致性并非意味着因循守旧，而是人类同其所在语境之间展开的和谐对话，以及与一段丰富、有争议性、激荡的人生的相通之处。正因如此，我们可以在不让事先选取的表达工具决定自己会找到什么的前提之下，来研究他作品中出现的宏大主题。正是生活、思想和情感的变化，激发了某些主题的创作灵感。

基于这种一部分出于主动选择、一部分是发生在他身上的生活，有一种力量贯穿了贝内德蒂所有的作品：承诺，不仅仅是政治承诺，更是社会和情感的承诺。

马里奥·贝内德蒂曾在一首诗中提到"良知的暂时安宁"，这是他做人和作为作家的前提。在此基础之上，他对作品的构思基于人和创作者与其所处环境的持续对话，同时也经过了自身反思与原则的筛选。在欣赏贝内德蒂作品的过程中，人们会认出自己。从年轻时开始，贝内德蒂便感到最重要的承诺是作为公民的承诺：人类应该感到社会政治的变化是与自身相关的，而如果公民是一位作家，那么他的政治关怀便可能在作品中得以反映，尤其是在生命中某些特定的阶段。

这种关怀，无疑是贝内德蒂政治立场和美学决策的基础。这一点在他1965年出版《近旁的他人》(*Próximo prójimo*) 一书时便展现无遗：在同名的诗中，他引用了安东尼奥·马查多的诗句："在生死关头，永远 / 应当与最近处的他人站在一起"。这种博爱的情怀，对与自己平等之人的关注，对身边人的关心，几乎存在于贝内德蒂所有的作品之中，在诗歌中则表现得尤为明显。而这也将成为其作品传播的关键：作者面对他人 / 读者进行交流，正如在访谈录《交流的诗人》(*Los poetas comunicantes*，1972) 的序言中所提到的那样，贝内德蒂对那些关注"抵达读者，既将读者纳入他的探索和长途跋涉，也让他们参与他的艰苦生活"的作家的仰慕并非徒劳。作家的这一发现有其具体的时代背景——那段暴力和斗争的岁月，然而那段岁月却毫无疑问是贝内德蒂那一代人的标志。正如他所说的，拉丁美洲作家"不能朝现实关上门，如果天真地试图把它关在门外，也不过是白费力气，因为现实会从窗户跳进来"。

贝内德蒂评论工作的载体之一是久负盛名的《数字》杂志——后来也发展成了一家出版社，撰稿人中不乏如埃米尔·罗德里格斯·莫内加尔 (Emir Rodríguez Monegal)、曼努埃尔·克拉普斯 (Manuel Claps)、伊德雅·比拉里尼奥 (Idea Vilariño) 等当时已举足轻重的名字。贝内德蒂与这些在上世纪中叶熠熠生辉的作家一起，共同组成了"四五一代"——由于智识方面的诉求，他们也被称为"批判的一代"。

贝内德蒂曾经从以下角度来分析"四五一代"："我认为这与揭示乌拉圭和拉丁美洲主题的工作有关。如果独立看待其中的每一个人，那么的确有许多不同的风格，以及截然不同的艺术呈现方式，但在我看来，存在着一个唯一的共同特征，即批判精神。我认为这一点对乌拉圭文化是有益的。"尽管表明了这一态度，但后来被收录在《观点练习》(*El ejercicio del criterio*，1995 最终版）中的大量评论文章——用他所崇敬的何塞·马蒂的话来说——却展现出了具有建设性的调性，以及根据他的喜好所作出的选择。

作为记者、现实的分析者和幽默作家，贝内德蒂的工作则非常不同——素来尖锐、犀利，但有时也因对讽刺的睿智使用而堪称残忍。他见于报端的辩论颇为著名，尤其是流亡西班牙时期发表在《国家报》(*El País*）上的文章。

马里奥·贝内德蒂终其一生都保持着开放的态度、对待出生于不同年代的人们的慷慨、敏锐的批判性鉴赏能力，这让他想要结识——有时候也会帮助——文学界的年轻人和不那么年轻的人。他的这种兴趣不仅限于文学界，也包括民间音乐、电影和戏剧等领域。

短篇小说

《短篇小说全集》(*Cuentos completos*）中收录的作品，汇集了作者在 1947 年至 1994 年间出版的六部作品中的超过一百二十个文本。无论是从主题、篇幅还是结构上而言，这本全集都可能是最为多元化的，并且始终考虑到一种存在于写作首要决定之中的秘密的统一。

通过贝内德蒂的阅读，我们可以发现他对著名短篇小说家的偏爱：契诃夫的氛围，莫泊桑或乌拉圭作家基罗加的结尾，而在他对对话的纯熟驾驭背后则是对海明威的钦佩。

贝内德蒂曾数次解释过他创作长篇小说的间隔为何如此之长，尤其是在《胡安·安赫尔的生日》(*El cumpleaños de Juan Ángel*，1971) 之后，身处流亡的动荡之中，他既没有充裕的时间，也难以将精力集中在长篇小说所需要的"创造一个世界"之上。因此，诗歌和短篇小说是更符合他当时生活状况的表达方式。

重要的不是篇幅的长短，而是每种体裁的出发点和终点。正如他在早期的杂文《三种叙事类型》("Tres géneros narrativos"，1953) 中所提到的，"短篇小说一直以来都是现实的横截面"。即使故事再简短，贝内德蒂也总是能够在情景或对话中制造张力，用精简恰当的细节传达出氛围和冲突。因为归根到底，短篇小说留下的深刻印记呈现出了这个世界既温暖又悲观的一面，特别是居于其间的人们——心怀疑虑，不无卑鄙，但同时也有着充满爱与团结、不乏幽默感的相遇。

《休战》(*La tregua*)

出版于 1960 年的《休战》无疑是贝内德蒂最受读者欢迎、被翻译次数最多的小说，它曾被改编成电影、戏剧和电视剧，虽然朴实无华，却令人难以忘怀。在这个短小的文本中，出现了令所有当代人关心、动容的主题和情感：孤独与疏离，爱与性，幸福与死亡，代际冲突，伦理观，政治问题等。正如作者本人所言，"《休战》在正当情感与做作的边缘游走"。它的谦恭和先验性，证明了一部看似地方性的作品同样可以触碰到最遥远的情感共鸣。

《休战》是在一份令人精疲力竭的行政工作中利用午休时间写成的。作者为叙述者选择的私人日记这一独特视角，有利于直接分析主人公的感受，反映他的孤独；而对家庭、办公室等微观宇宙的第一人称描述，也有助于制造个体与乌拉圭社会之间的双重距离感。

爱情毫无疑问是贝内德蒂作品的中坚力量。在《休战》中，爱情以个体冒险的形式出现，带来了希望，却因为外在原因而失败，再次中断了与生活的和解。意识到自己生活平庸无奇的中年男人桑多梅，在年龄几乎比自己小一半的阿贝雅内达身上找到了爱情，并在与她宁静的交流中找到了不向灰暗命运妥协的可能性。因为小说的主角同样也认为自己是"一个悲伤的人，却曾经有、现在有、将来也会有快乐的意愿"。

尽管小说篇幅不长，但主人公的观察和感受以碎片化却充分的方式逐渐创造了一个世界，其中有他的庸常、冲突和野心，也有周围人们——这些之前曾在同名短篇小说集里出现过的蒙得维的亚人——的偏见。依靠这种合唱式的表现手法，故事的中心依然是生活的平衡，清晰表达的厌倦－希望－失败的主线，以个体的绝望而告终。

贝内德蒂在1990年的杂文《现实与言语》（"La realidad y la palabra"）中写道："小说家首先是现实的创造者，其次才是言语的创造者。"而《休战》朴素的故事、穿越时间和地域在读者中造成的深远影响，则证实了作者有效地与人类的感性建立了联系，正如他所希望的那样，实现了与读者的交流。

《感谢火》（*Gracias por el fuego*）

很多人将本书视为马里奥·贝内德蒂第一部反版的小说，或者像阿莱霍·卡彭铁尔（Alejo Carpentier）所言，是从孤独走向团结的过渡。在六十年代初期，乌拉圭经历了社会和政治动荡，像贝内德蒂这样的人警视着即将到来的危机。这部小说中的人物揭露了统治阶层的虚伪价值观：专制父亲的腐败，以及与其对峙的儿子的脆弱。

从意识形态的角度来看，《感谢火》比《休战》更前进了一步，尽管这一步略显冗余，并且仅仅是解释性的。作者在很短的时间内就向着清晰的道路迈出了步伐，但小说中的冲突依然无法得以解决：清醒的人并不强大，强大的人并不理智。在思想和行动方面，就个人和集体而言，我们可以说这是一部关于挫折的小说。从历史角度而言，小说则展现了一个睁着眼睛向深渊探身并心怀疑虑的社会。

1963年完成书稿后，贝内德蒂将其拿给文学评论界的朋友们阅读，在得到他们的负面反馈后，他决定携此书参加一项西班牙的文学竞赛。享有盛誉的"简明丛书奖"（Premio Biblioteca Breve）旨在奖励"展现了真正的创新天赋"并致力于探讨"只属于我们时代的文学和人类困境"的作品。《感谢火》进入了终选阶段，但当时统治西班牙的独裁政府对该书进行了审查，并禁止了它的出版。这本小说于1965年在乌拉圭面世，但在西班牙一直到1974年才得以出版。

《破角的春天》（*Primavera con una esquina rota*）

八十年代的马里奥·贝内德蒂身处流亡之中，心怀希望，却一点也不确定几乎占乌拉圭人口四分之一的流亡者何时才能回到祖国。旅行所到之处，无论是在拉丁美洲还是整个欧洲，贝内德蒂都会遇见幸存的同胞，向他讲述流亡的幸与不幸。

此时，距他出版上一部小说《胡安·安赫尔的生日》（*El cumpleaños de Juan Ángel*）已经过去了十一年时间。贝内德蒂明白，一部小说是对一个世界的建构，需要严格的结构和计划，正如他在《三种叙事类型》中所定义的，"从起源之时到当下，小说一直都想要与生活相像，想要从各个方面都成为生活"。当然，这是作者对生活与世界，对有序的、结构化现实的看法。以情节的突变、具有表现力的可信人物抵达读者，这些人物始终是经过深思熟虑的，与激发他们的社会环境和谐一致。

在拉丁美洲文学中，这不算是一个出奇的概念，连在并不表明社会立场的作者之中也不罕见。乌拉圭作家胡安·卡洛斯·奥内蒂曾说过，作家是沉浸在社会中的人，即使并非有意为之，但作品仍会呈现出他的境况，以及他所处环境的变迁。很显然，这句"即使并非有意为之"很重要：奥内蒂是在一些评论家将他的小说《造船厂》(*El astillero*，1961）视为对其衰败祖国的隐喻时提到这一点的，而他否认自己曾有过这样的意图。与之相反，贝内德蒂持有另一种立场，并用理论加以表达；在1967年出版的《混血大陆的文字》(*Letras del continente mestizo*）中，他在《拉丁美洲作家的状况》一文中写道："拉美作家不能朝现实关上门，如果天真地试图把它关在门外，也不过是白费力气，因为现实会从窗户跳进来。"

《破角的春天》所表现的现实，将流亡的问题与国家内部问题熔于一炉。这是一对夫妻的故事，作为政治犯的丈夫在狱中书写、构思或想象给妻子的信件，而妻子正带着两人的女儿，与他的父亲一道流亡国外。故事是这样的：丈夫通过字里行间传递的狱中生活，他的回忆，以及对可能存在的未来的计划。而故事的另一个部分，则会出现妻子的流亡生活。

本书通过多视角叙事来展现监禁和流亡的经历，并由此形成了小说的架构。在这些故事的间隙，作者加入了一种全新的结构：一系列叫作"流亡"的章节——它们都是真实事件的记录，其中一些完全是自传式的，出现了作者和其他人的真实姓名。这些现实之间的间隔，与狱中人和他的三个处于流亡中的亲人所遭遇的情感波折形成了对照。

从对冲突的清醒认识和人类关系的脆弱之中，依旧可以看到春天的希望；我们总是会失去一些什么。

《破角的春天》曾荣获 1987 年大赦国际金火焰奖。

我的右手是一只燕子

我的左手是一株柏树

我的头颅

前半部分是生者

后半部分是死人

———比森特·维夫多罗

2月11日，星期一

只差六个月零二十八天我就满足退休的条件了。在过去至少五年里，我每天都在计算剩余的工作时间。我真的那么需要闲暇吗？要我说并非如此，我需要的不是闲暇，而是为自己想做的事情工作的权利。举个例子？园艺，或许。作为星期天积极的休息，对久坐生活的抵御，还有对未来无可避免的关节炎的秘密防御，园艺都很不错。但是，我恐怕无法忍受每天都做这些。吉他，或许。我想我会喜欢。但是，四十九岁才开始学识谱，想必有些凄凉。写作？也许我写得并不差，至少人们通常很喜欢读我的信。但这又如何？我想象一份写有"这位年近半百的新晋作家引人注目之处"的作者简介，仅是这单纯的可能性就让我觉得反胃。我自认——今天仍旧如此——天真且不成熟（也就是说，只有青春的缺点，美德则几乎一种都不沾边），但这并不意味着我有展示这种天真和不成熟的权利。我有一个单身的表姐，她每做一道甜点就拿给所有人看，脸上带着伤感而孩子气的微笑。从她取悦摩托车手男友——他后来在我们众多"死亡弯道"中的一处送了命——的时代开始，那个微笑就一直挂在她唇边。她衣着得体，完全符合自己五十三岁的年纪，不管是这一点还是其他方面，她都是个谨慎而平衡的人；可那个微笑，与此相反，需要有明艳的嘴唇、亮丽的肌肤和有致的二十岁女孩的腿相伴。那是一个可悲的姿态，仅此而已，一个从来不至于显得荒谬的姿态，因为在那张脸上，除此之外还有善良。多少词语啊，只是为了说，我不想显得可悲。

2月15日，星期五

为了保证在办公室的工作效率，我得强迫自己不去想闲暇已相对接近这件事。不然，我的手指会痉挛，会把写最基本的大标题时该用的圆体字写得东倒西歪、优雅尽失。圆体字是我作为职员的最佳声誉之一。而且我得承认，描画某些字母令我感到愉悦，比如大写的 M 和小写的 b，写这些字母时我允许自己有所创新。我的工作最不令我厌恶的，是机械、常规的部分：重新记一笔已经记过一千遍的账，做完一张收支平衡表并看到一切井然有序、没有差错可寻。这类工作不会使我感到厌倦，因为它允许我同时想其他的事情，甚至（为什么不对自己说出来呢）还可以做梦。就像我被分成了两个实体，截然不同、相互矛盾又彼此独立：一个对他的工作烂熟于心，最大限度地掌握它的变体和细微之处，永远非常清楚自己在做什么；另一个异想天开、躁动不安，令人沮丧地充满激情；一个悲伤的人，却曾经有、现在有、将来也会有快乐的意愿；一个心不在焉的人，既不在乎钢笔在哪里划过也不在乎蓝墨水写下了什么——八个月之后，墨迹终将变成黑色。

在我的工作中，难以忍受的不是一成不变，而是新的问题：有人出其不意地要求看那份藏在档案、条文和劳务酬金后面的幽灵般的通讯目录，一个急需一份报告或财务分析或资源预估的紧急情况。所以是的，由于这已经超出了例行公事，我的两个部分必须为同一目标工作，我便不能随心所欲地想事情，疲惫感便会像一块有气孔的膏药一般，占据我的背部和后颈。为什么我要在乎倒数第二个财年下半年活塞螺栓类的预期利润？为什么我要在乎降低总支出最实用的方式？

今天是快乐的一天：只有例行公事。

2月18日，星期一

我的孩子们没有一个像我。首先，他们都比我精力充沛，看起来总是更果断，不习惯犹豫。埃斯特班是最孤僻的，至今我也不明白他的不满情绪究竟指向谁，但他看上去的确愤世嫉俗。我认为他尊敬我，但谁知道呢。我最偏爱的也许是哈伊梅，尽管我们几乎无法相互理解。我觉得他敏感，我觉得他聪明，但我并不觉得他有最基本的诚实。很显然我与他之间有一道屏障。有时候我认为他恨我，有时候又觉得他钦佩我。布兰卡至少与我有些相似之处：她也是个有着快乐意愿的悲伤之人。除此之外，在个人生活中她过于善妒，我也没办法让她改变主意，来与我分享她最棘手的问题。她待在家里的时间最长，也许多少会觉得自己是我们的混乱、我们的三餐、我们脏衣服的奴隶。她和两个兄弟的关系，有时就在歇斯底里的边缘，但她懂得掌控局面，除此之外，也懂得掌控他们。也许在内心深处他们彼此非常相爱，但这种兄弟姐妹之间的爱，也随之带有由习惯赋予的互相激怒的成分。不，他们不像我。连外表都不像。埃斯特班和布兰卡有伊莎贝尔的眼睛。哈伊梅继承了她的额头和她的嘴。如果伊莎贝尔今天能见到他们——不安、活跃、成熟，会怎么想？我还有个更好的问题：如果今天能见到伊莎贝尔，我会怎么想？死亡是一种令人厌倦的经历，对其他人来说，尤其是对其他人来说。作为一个带着三个孩子并熬了过来的鳏夫，我应该为此感到骄傲。但我感受到的并不是骄傲，而是疲惫。骄傲是为二三十岁的人准备的。带着我的孩子们熬过来是一种义务，为了让社会不来跟我对质，不向我投来专为残忍父母准备的无情目光，这是唯一的生路。从未有过其他的解决方案，于是我熬了过来。但一切总是带着过多的强制意味，让我无法感到快乐。

2月19日，星期二

下午四点钟，我忽然感到一阵无法承受的空虚。我不得不把羊驼毛外套挂起来，通知人事部我得去一趟共和银行，处理那笔汇款。一派谎言。我受不了的是我写字台对面的那堵墙，被那本将戈雅①作为二月份主题的巨大日历吸走的可怕的墙。戈雅在这家老掉牙的汽车零配件进口公司里干什么？如果我一直像个白痴一样盯着日历看，不知道会发生什么。没准我会大喊大叫，或者开始打一连串常见的由过敏引起的喷嚏，抑或仅仅是沉浸在分类账簿洁净的纸页间。因为我已经明白，我的"前爆发"状态并非总是通往爆发。有时它会以一种清醒的耻辱感、一次对当下情况及其多样而恼人的压力别无他法的接受而宣告结束。然而，我喜欢说服自己：我不应该允许自己爆发，而是应当从根本上抑制住它，不然将会受到失去内心平衡的惩罚。于是我会离开办公室，就像今天这样离开，激烈地寻找户外，寻找地平线，还有天知道多少别的东西。好吧，有时候我看不到地平线，而是满足于在一家咖啡厅的窗边坐下，记

---

① 戈雅（Francisco de Goya，1746—1828），西班牙浪漫主义画家，一生创作了大量油画和版画，被艺术史家视为欧洲近代绘画的启蒙者。

录下窗外经过的几双漂亮的腿。

我敢肯定，上班时间的城市是另一座城市。我了解上班族的蒙得维的亚，那些八点半进办公室十二点离开、两点半再回来然后七点正式下班的人，那些焦虑的汗津津的面孔，匆忙而跌跌撞撞的步伐，在这方面我们是老相识了。然而也存在着另一座城市：下午很晚才清清爽爽出门的名媛的城市，她们刚洗过澡，喷了香水，面露鄙夷，乐观而风趣；中午才睡醒的妈妈宝贝儿子的城市，下午六点他们洁白的进口特里科林府绸衣领仍旧一尘不染；坐公共汽车到海关、到站后不下来反而原车返回的老人的城市，他们将节制的娱乐缩减为用自我安慰的目光望向乡愁中的老城区；从不会在夜间出门的年轻母亲的城市，她们面带负罪感，走进电影院看下午三点半散场的电影；诋毁女雇主的保姆的城市，在她们聊天的当儿，苍蝇叮咬孩子；退休者和其他讨厌鬼的城市，一言以蔽之，都是些相信给广场上的鸽子喂点面包屑就可以上天堂的人。对我来说他们是陌生人，至少目前是这样。在生活中他们过于舒适地安顿了下来，而与此同时，我连面对一本将戈雅作为二月份主题的日历都会神经衰弱。

2月21日，星期四

今天下午，从办公室回家的路上，一个醉汉在街上拦住了我。他没有反对政府，没有说他与我本是兄弟。普世性醉话中那些不胜枚举的话题，他一个都没有触及。他是个奇怪的醉汉，眼睛里闪着特别的光。他拉起我的一只手臂，几乎靠在了我身上，然后说："你知道你的问题在哪儿吗？你会一事无成。"那一刻，一个路过的家伙看了我一眼，带着一份快乐的理解，甚至朝我眨了眨眼以示支持。但从四小时前，我开始感到不安，就好像我真的会一事无成，而现在才刚刚意识到这一点。

2月22日，星期五

等到退休，我想我就不会再写这本日记了，因为到那时，发生在我身上的事情无疑会比现在少得多。体味空虚，而且还要为它留下文字证据，将会让我无法忍受。等到退休，也许最好的是放任自己沉浸于闲暇时光，还有补偿性的昏睡，以期让神经、肌肉、能量一点点放松下来，逐渐适应死亡。但这样不行。有些时刻，我仍然拥有并保持着那种奢侈的希望，希望闲暇时光充实而丰富，希望那是找到自我的最后机会。而这一点确实值得记下来。

2月23日，星期六

今天我独自在市中心吃了午饭。沿着梅塞德斯路往家走时，我碰见了一个穿着褐色衣服的家伙。他先打了招呼。我看他的时候大概带着好奇，因为这人停了下来，有点犹豫地向我伸出了手。那不是张生面孔。他的样子像是我在另一时期经常见到的某个人的漫画形象。我向他伸出手，低声道着歉，以这种方式承认着我的困惑。"马丁·桑多梅？"他问我，微笑时露出了磨损的假牙。当然是马丁·桑多梅，但我越来越摸不着头脑了。"你不记得布兰德森街了吗？"说实话，不太记得。已经过去差不多三十年了，而我并不以记性好著称。自然，单身时我在布兰德森街住过，但就算用棍子打我，我也想不起来家对面是什么样，有几个阳台，都有谁住在旁边。"那国防路的咖啡馆呢？"现在想起来了，迷雾散去了一点，有一刻我看到了加利西亚人[①]阿尔瓦雷兹的肚子，系着宽松的腰带。"当然，当然。"我受到了启发，大声答道。"嗯，我是马里奥·比格纳雷。"马里奥·比格纳雷？我不记得了，我发誓我不记得了。可我没有勇气向他承认。那家伙看起来对重逢如此激动……我对他说对，请原谅我，我最不擅长记人的相貌了，上星期我还遇

---

① 加利西亚，西班牙西北部地区。由于该地区移民人数众多，在很多拉丁美洲国家，当地人常用"加利西亚人"来指代西班牙人。

到一个表兄却没认出人家（假话）。自然，得去喝杯咖啡，我周六的午睡就这样被毁了。两小时一刻钟。他固执地试图帮我重建无关紧要的细节，以说服他曾经参与过我的人生。"我连你妈妈做的洋蓟洋葱土豆饼都记得。绝妙。我总是十一点半过去，看看她会不会请我吃午饭。"说罢，还发出了一阵可怕的笑声。"总是？"我问他，仍然半信半疑。于是他尴尬地说："嗯，我去过三四次吧。"那么，事实的份额究竟有多大？"你妈妈，现在还好吗？""她十五年前就死了。""他妈的，那你老爹呢？""两年前死了，在塔夸伦博①。他当时在我姑姑莱奥诺尔家里。""他应该很老了。"他当然很老了。我的上帝，太无聊了。只有在那一刻，他提了一个更有逻辑的问题："嘿，最后你跟伊莎贝尔结婚了吗？""是的，我有三个孩子。"我答道，想切断话头。他有五个孩子。真幸运。"伊莎贝尔怎么样？还是那么漂亮？""她死了。"我说，摆出我个人储备中最难以捉摸的一张脸。这个词像枪声一样响起，而他——不幸中的万幸——慌了神。他急忙喝完第三杯咖啡，然后立刻看了看表。有一种下意识的条件反射：一谈论死亡就立刻去看表。

---

① 塔夸伦博，乌拉圭北部城市。

2月24日，星期天

没办法。遇见比格纳雷让我着了魔：回忆伊莎贝尔。不再是通过家庭趣事、照片、埃斯特班或布兰卡的某个面部特征来获得她的影像。我了解她所有的信息，但并不想以二手的方式获取这些信息，而是想直接记起它们，看到它们带着所有细节出现在我面前，就像现在我在镜中看到自己的脸。而我没有做到。我知道她的眼睛是绿色的，但无法感到自己正被她凝视着。

2月25日，星期一

我和我的孩子们很少见面。我们的时间表并不总是一致，我们的计划或兴趣则相差更远。他们在我面前很得体，但正因为他们也极其谨慎，这种得体看起来永远像纯粹的完成任务。比如埃斯特班，为了不反对我的意见，他总是控制着自己。令我们疏远的仅仅是代沟吗？还是说为了与他们沟通，我可以做些什么？总的来说，在我看来，他们多疑的程度比愚蠢更深，而且比我在他们这个年纪时感情更加内敛。

今天我们一起吃了晚饭。大概已经有两个月了，我们没有在家庭晚餐上悉数到场。我用开玩笑的语气问，我们这是要庆祝什么大事，但没有回音。布兰卡看了我一眼，露出了微笑，好像是为了让我知道她理解我的好意，仅此而已。我开始记录这神圣寂静都有哪些罕见的中断。哈伊梅说汤寡淡无味。"盐就在这儿，在你右手边十厘米。"布兰卡答道。受到伤害的她又加了一句："你想让我帮你拿过来吗？"汤寡淡无味。确实如此，但有什么必要说出来呢？埃斯特班通知说，从下个季度开始，我们的房租会上涨八十比索。因为我们每个人都会贡献一部分，事情并没有那么严重。哈伊梅开始看报纸。我觉得在和家人吃饭时阅读是一种冒犯人的行为。我跟他说了。哈伊梅把报纸放在了一边，但跟继续读报没什么两样，因为他阴沉着脸，心情大变。我讲了与比格纳雷的偶遇，想让他出出丑，好为晚餐带来些许生机。但哈伊梅问道："哪个比格纳雷？""马里奥·比格纳雷。""一个半秃的、留小胡子的家伙？"就是他。"我认识他。精明得很，"哈伊梅说，"他是费雷伊拉的同事。特别容易收买。"内心深处我很高兴比格纳雷是个无耻之徒，这样我就可以毫不犹豫地摆脱他了。但布兰卡问："这么说他记得妈妈？"我觉得哈伊梅想说些什么，我相信他动了动嘴唇，但最后决定保持沉默。"他真幸运，"布兰卡又说，"我不记得了。""我记得。"埃斯特班说。他会怎样记得呢？像我一样，用对回忆的回忆，还是直接地记起，如同一个人在镜中看到自己的脸？有没有可能，当时只有四岁的他拥有那个影像，而我，与他相反，我曾记录过那么多夜晚，那么多夜晚，

那么多夜晚，却什么都不记得了？我们以前在黑暗中做爱。也许这就是原因。肯定是这个原因。我对那些夜晚有一种触觉式的记忆，而这确实是直接的。但白天呢？白天我们并非处于黑暗之中。我到家时常常很疲惫，一脑门官司，也许还在为那星期、那个月遭遇的不公而愤愤不平。

有时我们会记账。从来都是入不敷出。莫非我们花了太多时间看数字，做加减法，而没有时间去看看彼此。而她现在所在之处，如果她还在某处的话，会有哪些关于我的回忆？话说回来，记忆真的重要吗？"有时候我觉得自己很不幸，连自己在想念的是什么都不知道。"布兰卡喃喃地说，一边分着糖水桃子罐头。我们每人分到了三块半。

2月27日，星期三

今天办公室来了七个新员工：四男三女。每个人的脸看起来都像受了惊吓，时不时向老资格们投来带着敬意的嫉妒目光。他们判给我两个小毛孩（一个十八岁，另一个二十二岁），还有一个二十四岁的姑娘。所以现在我是个如假包换的头儿了：正好有六名员工听从我的调遣。第一次有个女人。在数字方面我总是对她们缺乏信任。还有另一个不便之处：来月经的那几天，甚至在那几天的前夕，如果她们平常很聪明，会变得有点笨；如果平常就有点笨，则会变成彻头彻尾的蠢货。这些刚进来的"新人"看起来并不赖。我没那么喜欢十八岁的那个。他有张无力、脆弱的脸，目光躲闪，同时又很谄媚。另一个永远蓬头乱发，但外表和善，而且（目前来说，至少）有明显的工作意愿。那姑娘看起来工作意愿没那么强，但至少明白别人给她解释的事；另外，她额头很宽，嘴也大，一般来说这是两个令我印象不错的特征。他们的名字是阿尔弗雷多·桑蒂尼、罗道尔夫·西耶拉和劳拉·阿贝雅内达。我会让他们去管商品簿，让她做财务会计助理。

2月28日，星期四

今晚我和一个对我来说近乎陌生的布兰卡谈了谈。晚饭后只有我们俩在家。我看报纸，她玩纸牌接龙。忽然她一动不动，举着一张纸牌，眼神惆怅又不知所措。我注意了她几秒，然后问她在想什么。这时她仿佛醒了过来，用悲痛的目光望向我，然后控制不住地用双手抱住了头，好像不想让任何人亵渎她的哭声。当一个女人在我面前哭时，我会变得不设防，而且笨手笨脚。我会感到绝望，不知道该如何改善这一情况。这一次，我跟随着直觉站了起来，走到她身边，开始抚摸她的头，一言不发。不久她就渐渐平静了下来，哭泣引起的痉挛时断时续。当她终于把手放下来时，我拿没用过的那一半手帕为她擦干眼泪，擤了擤鼻涕。那一刻她不像个二十三岁的女人，而是像个小姑娘，因为娃娃破了或大人没带她去动物园而暂时不高兴了。我问她是否觉得自己不幸，她回答说是。我问她原因，她说不知道。这并没有让我感到太奇怪。我自己有时也会在没有任何具体原因的情况下感到不幸。但我违心地说："哦，总会有原因的。人不会无缘无故地哭。"于是，被一种突如其来的真挚渴望驱使着，她磕磕绊绊地说了起来："我有种可怕的感觉，觉得时间在流逝，而我什么也没做，什么事也没有发生，没有什么能在根源上感动我。我看着埃斯特班，再看看哈伊梅，我敢肯定他们也觉得自己很不幸。有时候（你别生气，爸爸）我也会看看你，然后觉得自己不想五十而知天命、获得你的平衡，仅仅是因为我觉得这既卑微又消沉。我能感觉到自己拥有很多能量，却不知道该在哪里使用它，不知道该用它来做什么。我觉得你认命了，让自己变成了一个微不足道的人，这让我觉得很可怕，因为我知道你不是个微不足道的人。至少，你以前不是这样的。"我回答说（我还能和她说什么呢？），她说得有道理，她应该尽自己所能离开我们，离开我们的轨道，我很高兴听到她大声说出这种不妥协，我觉得好像听见了自己的呐喊，很多年前的呐喊。然后她笑了，说我真好，像以前一样用胳膊环住了我的脖子。她还是个小姑娘。

3月1日，星期五

经理叫了五个部门主管过去，给我们讲了三刻钟职工的低效。他说董事会让他继续观察这种情况，并且将来他不会再继续容忍我们的懒散（他到底有多喜欢反复强调"懒散"）让自己的职位白白受到影响。因此从今往后，等等，等等。

他们管什么叫作"职工的低效"？至少，我可以说我的人在工作。而且不只是那些新来的，老员工也是。确实，门德斯会读他巧妙藏在写字台中间那格抽屉里的侦探小说，同时用右手紧握着一支钢笔，永远对某位上级出现的可能性保持警觉。确实，穆纽兹会借着去申报高收入所得税的机会，向公司骗取二十分钟喝杯啤酒的闲暇。确实，罗布雷多去洗手间时（十点一刻，一分不差）会把副刊彩页或体育版藏在防尘衣下面。但工作总是今日事今日毕也是事实，而且当要办的手续十万火急、出纳处的收银机无时无刻不塞满单据时，所有人都会竭尽全力，拿出真正的团队精神来工作。在他们有限的专长里，每个人都是一位专家，而我可以完全信任他们做事时尽职尽责。

事实上，我很清楚经理的大棒想打向哪里。签发部的人工作毫无动力，连分内事都做不好。今天在场的人都知道那长篇大论是说给苏亚雷斯听的，但既然如此，干吗要叫上所有人？苏亚雷斯有什么权力让我们分担他一个人的过错？难道经理也和我们所有人一样，知道苏亚雷斯在跟主席的女儿上床？莉迪亚·巴尔贝尔德确实不赖。

3月2日，星期六

昨夜，时隔三十年，我再次梦见了那些蒙面人。当我四岁或者年纪更小时，吃饭曾经是个噩梦。于是，为了让我不费太大力气就能吞下土豆泥，我祖母发明了一种颇具独创性的方法。她会穿上我叔叔那件巨大的雨衣，戴上兜帽和墨镜，然后顶着这副对我来说十分恐怖的尊容来敲我的窗户。于是女佣、我母亲和某个姨妈便会齐声附和："堂波利卡尔波在那儿！"堂波利卡尔波是一种怪物，专门惩罚不吃饭的孩子。我被自己的恐惧吓得动弹不得，余下的力气只够用难以置信的速度移动颌骨，并以这种方式吃完大量寡淡的土豆泥。这对所有人来说都很舒服。用堂波利卡尔波来威胁我，相当于按下一个几乎有魔力的按钮。最终这变成了一种著名的消遣。每当有客人来访，他们都会被带到我的房间里，来参与我惊慌失措的可笑细节。真有意思，有时候人怎么能做到如此无邪地残酷。因为，除了惊吓，还有我的那些夜晚，我站满了沉默蒙面人的夜晚，他们是波利卡尔波某种怪异的变体，永远背对着我，被浓雾笼罩着。他们总是排着队出现，仿佛在等着轮流进入我的恐惧。他们从不说话，但会沉重地移动，像一种间歇性的摇摆，拖着幽暗的长袍，每件都一模一样，这肯定是我叔叔的雨衣造成的。这很有趣：在梦里，我感受到的恐惧比现实中少。而且，随着时间的流逝，恐惧渐渐变成了吸引力。我仿佛被催了眠，带着困倦眼皮下常有的那种入神目光，进入了一个周而复始的场景。有时候，我正做着别的梦，却会产生一种黑暗的意识，宁愿自己梦见的是我的波利卡尔波。有天晚上，他们最后一次出现了。排着队，摇摇摆摆，保持着沉默，然后像往常一样消失了。多年来，我入睡时都带着一种无法避免的不安，一种近乎病态的期待。有时候，我在入睡前下定决心要遇见他们，但却只能做到营造那团雾，非常偶尔地，能感到我那古老恐惧的脉动。仅此而已。后来，我连这样的希望都逐渐丧失了，不知不觉地走到了开始向陌生人讲述我梦中简单情节的时代。我也曾忘记过那个梦。直到昨夜。昨夜，当我置身于一个与其说是罪过不如说是粗俗的梦境中心时，所有影像都消失了，然后雾气出现了，在雾气之中的，是我所有的波利卡尔波。我知道自己感受到了一种无法言喻的快乐和恐惧。即使是现在，如果我稍作努力，仍然可以重建那种情感的一部分。那些波利卡尔波，我童年那些无法歪曲的、永恒的、无害的波利卡尔波摇晃着，忽然做了一件完全出乎意料的事情。有那么一瞬间，他们第一次转过了身，而他们所有人，都有我祖母的脸。

3月12日，星期二

有个聪明的女员工是件好事。今天，为了测试阿贝雅内达，我一口气向她解释了和审计有关的一切。我一边讲，她一边做着笔记。等我讲完，她说："您看，先生，我觉得我明白了相当一部分，但对几点内容还有疑问。"对几点内容还有疑问……门德斯，在她之前负责这项工作的人，需要整整四年时间来让疑问消失……之后我让她坐在我右边的桌前工作，时不时看她一眼。她的腿很美。现在她还无法机械地工作，所以容易疲倦。而且，她是个不安、紧张的人。我想我的等级（可怜的新手）令她有点拘束。她说"桑多梅先生"时，总是呼扇着睫毛。她不是个美人。好吧，微笑时还过得去。聊胜于无。

3月13日，星期三

今天下午，我从市中心回到家时，哈伊梅和埃斯特班正在厨房里大喊大叫。我刚好听到埃斯特班正说着关于"你那些烂朋友"之类的话。他们一听见我的脚步声就闭嘴了，然后假装正常地跟对方说话。但哈伊梅抿着嘴唇，埃斯特班的眼中闪着光。"怎么了？"我问。哈伊梅耸了耸肩，而另一个说："不关你的事。"真想一巴掌抽在他嘴上。那就是我儿子，那张生硬的脸，从来没有任何事任何人能让他软化。不关我的事。我走到冰箱前，拿出一瓶牛奶，还有黄油。我感觉丢脸，羞耻。他对我说"不关你的事"，而我内心毫无波澜，不拿他怎么样，也不对他说什么，这怎么可能。我给自己倒了一大杯牛奶。他对我大喊大叫，用的是我应该用在他身上却从没用过的那种腔调，这是不可能的。不关我的事。喝下的每一口牛奶都让我的太阳穴疼。我猛地转过身，抓住了他的手臂。"对你父亲放尊重点，明白了吗？放尊重点。"现在说出来很蠢，时机早就过去了。他的胳膊又紧又硬，好像突然变成了钢，或者是铅。我抬头去看他眼睛的时候觉得后颈疼。这是我能做到的最温和的方式。不，他不害怕。他只是甩甩胳膊挣脱了我，鼻翼两侧起伏着，说："你什么时候才会成长？"然后摔门扬长而去。我转身去面对哈伊梅时，脸上的表情一定不太平静。他仍然靠在墙上，忽然笑了起来，只是评论道："脾气真坏啊，老爸！脾气真坏！"难以置信，但正是在这一刻，我觉得愤怒被冻住了。"因为你哥哥也……"我说，毫无说服力。"算了吧，"他回答，"事到如今，我们已经全都无药可救了。"

3 月 15 日，星期五

马里奥·比格纳雷来办公室找我。他想让我下周去他家，说是找到了我们所有人的老照片。这个大白痴没把它们带来。自然，它们让我付出了接受邀请的代价。我同意了，当然。谁不会被自己的过去吸引呢？

3 月 16 日，星期六

今天上午，那个新来的桑蒂尼试图对我敞开心扉。不知道我脸上有什么特质，总是想让人吐露心声。他们望着我，对我微笑，有些人甚至会做出泫然欲泣的表情；然后他们决意敞开心扉。而坦白说，有些心灵并不吸引我。有些人那种自在的厚颜无耻，展开关于自己的密谈时那种神秘兮兮的语气，简直令人难以置信。"因为我，您知道吗，先生？我是孤儿。"他开门见山地说，想把我像颗螺丝一样拧紧在怜悯上。"荣幸之至，鄙人是鳏夫。"我用一种仪式性的姿态答道，目标是毁灭这种装腔作势。但我的丧偶显然远不如他本人的父母双亡那么令他感动。

"我有个妹妹，您知道吗？"他说话时，站在我的写字台旁边，用脆弱而细瘦的手指敲击着我日程本的封面。"你不能让那只手老实一会儿吗？"我朝他叫道，但他在服从之前还甜甜地笑了。他的手腕上戴着串金链子，链子上有个小徽章。"我妹妹今年十七岁，您知道吗？""您知道吗？"是种口头禅。"真的吗？那她性感吗？"在他对良心不安最后一次拙劣模仿的堤岸崩塌之前，在我最终被他的私生活淹没之前，这是我绝望的自卫。"您没拿我当回事。"他抿着嘴唇说，然后备受冒犯地回到了自己桌前。他工作效率不高，花了两个小时才给我做好二月份的总结。

3月17日，星期天

如果有天要自杀的话，我会选在星期天。这是最令人气馁、最索然无味的一天。我本想晚点起床，至少到九点或十点，可六点半就自然醒了，然后再也无法闭上眼睛。有时候我会想，等我的全部生活变成星期天时该怎么办。谁知道呢，也许我会习惯十点醒来。我去市中心吃了午饭，因为孩子们周末都出门了，各自去了不同的地方。我独自吃了午饭，甚至没力气跟服务生就炎热与游客展开简单的、仪式性的观点交换。隔了两张桌子，有另一个独自吃饭的人。他皱着眉头，用拳头砸开小面包。我看了他两三次，有一次还对上了他的目光。我觉得那目光带着恨意。对他来说我的眼睛里有什么？我们这些孤单的人不会让人产生好感，这大概是一条普遍的规律。还是说，我们只是单纯地令人反感？

我回到家，睡了午觉，起床时身体沉重，心情很不好。我喝了几杯马黛茶，茶很苦，而这也让我恼火。于是我换好衣服，又一次去了市中心。这次我钻进一家咖啡厅，找到了一张靠窗的桌子。在一小时又一刻钟的时间里，整整有三十五个令我感兴趣的女人经过。为了娱乐自己，我做了一项统计，关于我在她们每个人身上最喜欢什么。我把它记在了一张纸巾上。结果如下：两个人，我喜欢脸；四个人，头发；六个人，胸部；八个人，腿；十五个，臀部。臀部的全面胜利。

3月18日，星期一

昨晚埃斯特班是十二点回来的，哈伊梅十二点半，布兰卡一点。我感觉到了他们所有人，详细地收集了每一种噪音，每一次脚步声，每一句咕咕哝哝的脏话。我想哈伊梅到家时已经微醺了。至少，他撞到了家具，还把洗手间的水龙头打开了差不多半小时。但那些脏话是埃斯特班说的，而他从来不喝酒。布兰卡到家时，埃斯特班在自己的房间里对她说了些什么，她回答说他在多管闲事。之后，是寂静。三小时的寂静。失眠是我周末的灾难。等我退休了，会不会再也睡不着了？

今天早晨我只和布兰卡说了话。我对她说了不喜欢她那么晚回家。她不是个蛮横无理的孩子，并不该受我责备。可除此之外还有责任，作为父亲和母亲的责任。我本应同时是这两者，却觉得自己什么也不是。听到自己用劝诫的声音对她说"你昨晚在干什么？你去哪儿了？"时，我感觉自己失礼了。而她，一边在烤面包上抹黄油，一边回答我说："为什么你觉得自己有义务当坏人？有两点我们都很清楚：我们关心彼此，而且我没做任何错事。"我被击溃了。然而，为了挽回面子，我还是加了一句："一切都取决于你所理解的错误是什么。"

3月19日，星期二

整个下午我都在和阿贝雅内达工作。寻找差额。存在的所有事情之中最无聊的一种。百分之七。但事实上由两个相反的差额组成：一个百分之十八的差额和另一个百分之二十五的。那可怜的姑娘还有点跟不上节奏。像这样一项极其机械的工作，和任意一种需要通过思考寻找答案的工作一样令她感到疲惫。我已经太适应这类检索，以至于有时比起其他类型的工作，我更偏爱这一种。比如说今天，当她给我读数字时，我一边在手摇计算机上输入数据，一边熟练地数着她左前臂上的痣。它们分为两种：五颗小痣和三颗大痣，其中还有一颗有点凸起。当她报完十一月的数目时，只是为了看看她的反应，我对她说："您把那颗痣点了吧。虽然一般不碍事，但有百分之一的可能会有危险。"她的脸红了，不知道该把胳膊放在哪儿。她对我说"谢谢，先生"，但继续报数字时显得非常不自在。我们算到一月时，换我报数字，她输入数据。在某一瞬间，我意识到有什么奇怪的事在发生，于是在一个数目对到一半时我抬起了视线。她在看我的手。在找痣吗？也许吧。我微笑了一下，她又一次害羞得要命。可怜的阿贝雅内达。她不知道我就是人形的正确二字，是绝不会打自己女员工的主意的。

3月21日，星期四

在比格纳雷家吃晚饭。他的家令人窒息，光线昏暗，装饰过度。起居室里有两把扶手椅，属于某种未经定义的国际风格，实际上看上去像两个多毛的小矮人。我让自己倒在了其中一把里。座位上升起了一股直抵我胸口的热气。一条褪色的小母狗跑过来迎接我，它长着一张老处女的脸。它没有闻我，只是看了看我，然后分开腿，犯了那个破坏地毯的经典错误。污渍留在了那里，在一只孔雀的头上，它本是那令人惊恐的设计中的明星。但地毯上的污渍太多了，到头来，你甚至会相信它们也是装饰的一部分。

比格纳雷的家庭成员为数众多，声音洪亮，令人生厌。包括他的妻子，他的岳母，他的岳父，他的内弟，他的内弟媳，还有——恐怖中的恐怖——他的五个孩子。这些孩子基本上可以被定义为小怪物。从外表上看他们很正常，过于正常，脸色红润，都很健康。他们的怪兽属性在于有多惹人讨厌。最大的十三岁（比纳格雷结婚很晚），最小的六岁。他们一刻不停地动，一刻不停地制造噪音，一刻不停地大声争吵。让人有种他们正顺着你的后背、你的肩膀爬上来的感觉，好像总是马上就要把手指塞进你的耳朵或是去抓你的头发。他们从来不会做得那么过分，但制造的效果是一样的，让人有种在比格纳雷的家中不得不任这群狗崽子摆布的感觉。家中的成年人为了自保，采取了一种令人嫉妒的放弃态度，这种态度并不会排除突然划过空气、落在某个小天使鼻子或太阳穴或眼睛上的一拳。举个例子，母亲的方法可以这样定义：忍受孩子所有妨碍他人（包括客人）的举动和蛮横无礼，但惩罚孩子所有妨碍她个人的言行举止。晚餐的高潮出现在吃甜点时。一个孩子想要留下自己不喜欢牛奶米布丁的证据。上述证据表现在把一整份甜点倒在了小弟的裤子上。这一举动引起了一阵欢呼雀跃，但受害者的号哭完全超出了我的预期，任何语言都无法形容。

晚饭后，孩子们消失了，不知道是准备上床睡觉，还是在

为明天一早准备一杯有毒的鸡尾酒。"这些孩子!"比格纳雷
的岳母评论道,"这都是因为他们有生命力。""童年就是这样:
纯粹的生命力。"这是女婿恰如其分的总结。为了回应一项并
不存在的调查,内弟媳向我指出:"我们没有孩子。""而且我
们已经结婚七年了。"丈夫说,带着明显的恶意哈哈大笑。"我
是想要的,"女人声明,"但这个人却为要不成孩子而高兴。"
还是比格纳雷将我们所有人从这关于妇产科与避孕的离题中救
了出来,好提起当夜最富吸引力的主题:馆藏著名照片展览。
他把它们保存在一个用包装纸自行生产的绿色信封里,上面用
印刷体写着"马丁·桑多梅的照片"。显然,信封是旧的,但
传说却相当晚近。第一张照片上有四个人出现在布兰德森街的
房子对面。不需要比格纳雷对我说什么:一看到照片,我的记
忆便倾泻而出,仿佛要签收那些曾经带有怀旧色调的泛黄影
像。在门前的是我母亲、一位后来去了西班牙的女邻居、我父
亲和我本人。我的外表惊人地难看、可笑。"这张照片是你拍
的吗?"我问比格纳雷。"你疯了。我从来没法鼓起勇气拿起相
机或左轮手枪。这张照片是法雷罗拍的。你记得法雷罗吗?"
印象很模糊。譬如说,他父亲有家书店,而他经常从那里偷色
情杂志,之后忙着在我们之间传播法国文化这至关重要的一
面。"你看这张。"比格纳雷热切地说。那张照片上也有我,在
"笨蛋"旁边。"笨蛋"(这我的确记得)是一个总跟在我们后
面的蠢货,为我们所有的笑话——即便是那些最无聊的——捧

场，并且风雨无阻地黏着我们。

我不记得他的名字了，但我敢肯定那就是"笨蛋"。一样傻里傻气的表情，一样的肥肉，一样梳着背头。我笑出了声，我今年最开怀的笑声之一。"你笑什么？"比格纳雷问道。"笑'笨蛋'。你看他那傻样。"比格纳雷闻言垂下了眼睛，不好意思地将他妻子、岳父母、内弟、内弟媳的脸逐一扫了一遍，然后哑着嗓子说："我还以为你已经不记得这个外号了。我从来不喜欢别人这么叫我。"这完全出乎我的意料。我不知所措，也不知道该说什么。所以马里奥·比格纳雷和"笨蛋"是同一个人？我对他看了又看，然后确认了此人愚蠢、腻人、傻里傻气。但这显然是另一种愚蠢，另一种腻人，另一种傻里傻气。不是当时"笨蛋"的那种，完全不是一码事。现在这一切有种不知该如何形容的不可补救。我记得我口齿不清地说："但是，嗐，这么说的时候谁都没有恶意。你想想他们还叫普拉多'兔子'。""真希望他们叫我'兔子'。""笨蛋"比格纳雷说，语气懊恼。我们没再看其他照片。

3月22日，星期五

为了追公交车我跑了二十米，跑得精疲力尽。刚坐在座位上时，我以为自己要晕过去了。在脱下大衣、解开衬衣扣子、活动身体让呼吸更顺畅的过程中，我蹭到了同座的胳膊两三次。她的手臂温热，称不上瘦削。在摩擦中我感觉到了汗毛毛茸茸的触感，但未能分辨出那触感是我的还是她的还是我们两个人的。我打开报纸，开始阅读。而她正在读一份关于奥地利的旅游手册。没过多久，我的呼吸逐渐顺畅起来，但在整整一刻钟的时间里仍然心动过速。她的胳膊动了三四次，可看起来并不想和我的手臂完全分开。它若即若离。有时那触觉仅限于我汗毛末梢处一种微弱的靠近感。我朝街上望了好几次，顺便观察她。棱角分明的脸，薄嘴唇，长发，淡妆，宽大的手，表情不太丰富。忽然，小册子掉落在地上，我弯下腰去捡。自然，我看了一眼她的腿。还不错，脚踝上有个创可贴。她没有道谢。到西耶拉路时，她准备下车，收起小册子，理了理头发，拉好包，然后说了借过。"我也下车。"我说，跟随着一种直觉。她开始沿着帕布罗·德·玛利亚路快步向前，但我用了四大步就赶上了她。我们并肩走了一个半夸德拉[①]。我仍然在脑中琢磨着开场白，这时她朝我转过头来，然后说："如果您打算跟我说话，请做个决定。"

---

① 夸德拉，拉丁美洲常用计量单位，指一条街两个街角之间的直线距离，一般长约 100 至 150 米。

3月24日，星期天

仔细想想，星期五发生的事情真是奇怪。我们既没跟对方交换姓名和电话号码，也没说任何私人的事情。然而，我敢发誓，在这个女人身上，性不是最首要的部分。看起来她像是被什么激怒了，仿佛将自己交给我，只是她对不知什么事的奇异复仇。我得坦白，这是我第一次只用胳膊肘就征服了一个女人；也是第一次，一到钟点房，一个女人如此迅速地在光天化日之下脱光衣服。她躺在床上时那种具有攻击性的无拘无束，是想证明什么？她做了那么多来明示自己的全裸，以至于我差点以为这是她第一次在男人面前一丝不挂。但她并不是新手。然而，用严肃的脸、没涂口红的嘴唇、缺乏表现力的双手，她却解决了问题，得到了享受。在她认为合适的时机，她请求我对她说脏话。这不是我的强项，但相信我令她满意了。

3月25日，星期一

埃斯特班得到了公职。这是他在俱乐部工作的成果。我不知道是否该为这一任命而感到高兴。他，一个外来者，僭越了所有现在将成为他下属的人。我想象他们会让他生无可恋，而且理由充分。

3月27日，星期三

今天我在办公室待到了夜里十一点。经理干的缺德事。他六点一刻才打电话过来，告诉我明早第一时间就需要那破玩意儿。这是一份三个人的工作。阿贝雅内达，可怜的姑娘，主动提出留下来。但我心里很过意不去。

签发部那边也留下了三个人。其实，这是唯一真正必要的。但是，当然了，经理不会只让巴尔贝尔德女儿的男人一个人留下加班，而不对某个无辜的人施以额外工作的惩罚。这次这个无辜的人是我。耐心。我希望有一天，巴尔贝尔德会对这种拉皮条的工作感到厌倦。

加班让我感到可怕的沮丧。整个办公室寂静无人，沾着油污的办公桌上堆满了文件夹和活页夹。整体给人留下一种垃圾、废料的印象。而在那种寂静和黑暗之中，三个人在这儿，三个人在那儿，拖着之前八个小时的疲惫，毫无动力地工作着。

罗布雷多和桑蒂尼给我读着数目，我用打字机誊写。晚上八点时，我背上靠近左肩的地方开始疼。九点时，我已经不太在乎那种疼痛，继续像个机器人一样打着他们给我读的干巴巴的数字。工作结束时，没有人说话。我们三个人走到广场，我在索罗卡巴那①的吧台给每人买了杯咖啡，然后彼此道别。我觉得他们对我有点怨气，因为我选了他们。

3月28日，星期四

我和埃斯特班聊了很久，向他说明了我对于他被任命这件事是否公平的疑问。我并不奢望他放弃；看在上帝的分上，我知道这已经不时兴了。只是，我希望能听到他说这让他觉得不舒服。绝不可能。"不可能，老爸，你还活在另一个时代。"他这么对我说，"现在来了个人，级别超过了自己，没人会觉得是种冒犯。你知道为什么没人觉得被冒犯吗？因为一旦有机会如愿以偿，每个人都会做同样的事。我肯定他们看我时带着的不是怨气，而是嫉妒。"

我对他说……唉，我对他说了什么又有什么重要呢？

3月29日，星期五

多恶心的风，我费了九牛二虎之力，才从科洛尼亚途经城

---

① 索罗卡巴那（Sorocabana），蒙得维的亚著名咖啡馆。

堡门走到了广场。风掀起了一个姑娘的裙子，扬起了一个神父的法衣。耶稣基督，多么截然不同的全景图。有时我会想，如果我做了神父会发生什么。也许什么都不会发生。有句话我每年会说四五次："我可以确定自己对两种职业毫无兴趣：军人和神职人员。"但我觉得这不过是说说而已，没什么说服力。

到家时我头发蓬乱，嗓子冒烟，眼睛里进了灰尘。我洗了脸，换好衣服，然后在窗边坐下来喝马黛茶。我感到安全。还有深深的自私。我看着经过的男女老幼，所有人都顶着风，现在也冒着雨。然而，我不想打开门叫他们来家里避雨，陪我喝一杯热马黛茶。而我并非从来没想过要这样做。这想法曾经在我脑中浮现，但令我深感荒谬，然后我开始想象人们可能会摆出的惊异表情，即使他们正站在风雨之中。

如果二三十年前做了神父，今时今日我会怎样？对，我知道，风会扬起我的法衣，让我那普通人的裤子一览无遗。但在其他方面呢？是获得的还是失去的更多？那样的话，我就不会有孩子（我想我成为的应该是个真诚的神父，百分之百贞洁），不会有办公室，不会有时间表，不会退休。我会拥有上帝，这是肯定的，也会拥有宗教。但是，难道现在我没有吗？老实说，我不知道自己是否相信上帝。有时我会想象，如果上帝存在的话，这个疑问大概不会令他不悦。事实上，他本人（或者祂？）给予我们的元素（理性，敏感，直觉），根本不足以向我们保证祂的存在或者不存在。因为某种预感，我会相信上帝并恰巧猜中，或者不相信上帝也同样恰巧猜中。所以呢？难道上帝有张荷官的脸，而我只是个可怜的小鬼，在黑红轮盘上黑色获胜时押的总是红色，反之亦然。

3 月 30 日，星期六

因为星期三加班的事，罗布雷多仍然在生我的气。可怜的家伙。据穆纽兹今天早晨告诉我，罗布雷多的女友大发雷霆。星期三那天他们原本约好晚上八点见面，而由于被我要求留下加班，他没能去成。罗布雷多打电话告诉了她，但这无济于事。多疑的姑娘已经下达通知，再也不想听到任何关于他的消息。穆纽兹说自己试图宽慰他，跟他说在结婚之前知晓这些不便之处总归更好，但罗布雷多仍然气急败坏。今天我把他叫了过来，解释说我之前并不知道他女友的事。我问他为什么不早点告诉我，于是他用喷火的眼睛看着我，低声说："您一清二楚。我已经被这种玩笑烦死了。"他打了个喷嚏，纯粹是因为紧张，然后立即以一种心灰意冷的姿态补充道："他们都是些最厚颜无耻的家伙，跟我开这种玩笑，我还能理解。可是您，您是个正经人，也给他们帮腔，老实说这让我有点失望。我从没跟您说过，但我本来对您印象很好。"如果我站出来维护他对我为人的好印象，可能会略显生硬，于是我对他说，并无讽刺意味："你看，如果你愿意的话就相信我，不然就有点耐心。我之前什么都不知道。所以到此为止，现在去干活吧，要是你不想让我也失望的话。"

3月31日，星期天

今天下午，刚从加利福尼亚路走出来时，我远远看见了在公交车上遇见的那个人，那个"胳膊肘女人"。和她一起走过来的是个大块头，运动健将的外形，看起来没什么脑子。那家伙笑起来的样子，令人想对人类愚蠢那些意外的变体展开反思。她也在笑，头向后仰着，亲密地和他依偎在一起。他们从我面前走过，她正乐不可支时看见了我，但并没有中止笑声。我无法确定她是否认出了我。接着，她对中场运动员说了声"哎，亲爱的"，然后用一个肌肉发达又卖弄风情的动作，把头靠在了那条长颈鹿图案的领带上。然后他们转了个弯，朝埃西铎路走了过去。巨大的问号。这个女的，跟那天下午以破纪录的速度脱光衣服的那个有什么关系？

4月1日，星期一

今天，他们把我派去接待那个"来求职的犹太人"。他每隔两三个月就会在这里出现一次。经理不知道该如何摆脱他。这家伙高个子，满脸雀斑，五十岁上下；西班牙语说得堪称可怕，也许写得更差。根据此人一贯的老生常谈，他的专长是用三四种语言写信、德语速记、成本计算。他从口袋里掏出一封破破烂烂的信，在信中，玻利维亚拉巴斯不知什么学院的人事主管证明，弗兰茨·海因里希·沃尔夫先生在此供职期间工作卓有成效，离职系出于个人意愿。然而，这家伙的表达，离任何意愿——不管是个人的还是他人的——都相距甚远。我们对他所有的小动作、所有的理由、所有的逆来顺受都已烂熟于心。因为他总是坚持让我们给他一次机会，但每当我们让他打字时，他从来都写不好那封信；对于人们提出的屈指可数的问题，他总是用平静的沉默来应答。我无法想象他何以为生。他的外表既干净又悲惨。看起来他不屈不挠地接受了自己的失败，连最小的成功可能性都没有给自己留下，但却自觉有固执己见的义务，并不太在乎要面对多少次碰壁。我无法确切地说出这场表演是可悲、令人反感，还是崇高，但我相信我永远都忘不了这个男人每次收到面试失败结果时的那张脸（宁静？不满？）和他告别时的半鞠躬。我在街上看到过他几次，他正慢步走着，或者只是望着来来往往的人流，那也许会引起他的某种思考。我想他永远都无法微笑。他的目光可以属于一个疯子或一个智者或一个伪装者或一个受过很多苦的人。但事实是，每次看到他，我都会有种不自在的感觉。好像在某种程度上他的现状、他的悲惨是我的错，而且最糟糕的是，他知道这是我的错。我当然知道这是无稽之谈。我没有办法为他在我的办公室里弄到一份工作；而且，他也不够格。

所以呢？也许我知道其他方法，可以帮助一个类似的人。但是有哪些方法？建议，比如说？我连想都不愿去想他听到建议时的表情。今天，在第十次对他说了不之后，我感到一阵怜悯，决定趁握手时塞给他一张十比索的钞票。他拒绝了我伸出的手，盯着我看了一会儿（一种相当复杂的目光，尽管我相信其中的主要元素同样是怜悯），然后用那恼人的把字母"r"发成字母"g"的口音①对我说："您不明白。"他说的确凿无疑。我不明白，这就够了。我不愿再去想这一切了。

4月2日，星期二

我很少见到我的孩子们。特别是哈伊梅。很有意思，因为我最想经常见到的正是哈伊梅。三个孩子中他是唯一有幽默感

---

① 指德语口音。

的。我不知道好感在父子关系中具有怎样的效果，但在三个孩子之中，让我最有好感的确实是哈伊梅。但作为补偿，他也是最让人看不透的。

今天我看见了他，但他没看到我。一个有趣的经历。我当时在孔本西翁路和科洛尼亚路交口处，正跟陪我走到那儿的穆纽兹告别。哈伊梅从对面的人行道上经过。他跟另外两个人在一起，他们在仪表或穿着上有某种令人不悦之处；我记不太清了，因为我特别注意的是哈伊梅。不知道他正在跟另外两个人说什么，那两个人笑得前仰后合。他一脸严肃，但表情是满意的，又或许不是，而更像是来自于对自身优越感的确信，来自于在那一刻对同伴们显而易见的掌控。

晚上我对他说："今天我在科洛尼亚路看到了你。你跟另外两个人在一起。"我感觉他脸红了，但也许我看错了。"一个办公室的同事和他表弟。"他说。"看起来你把他们逗得挺开心。"我又加了一句。"唔，这些人听到什么蠢话都笑。"

接着，我想是有生以来第一次，他问了我一个个人问题，一个和我自己的烦恼有关的问题："那……你估计退休的事什么时候能办好？"哈伊梅问我退休的事！我对他说，埃斯特班已经跟他的一个朋友打了招呼，希望能加快办理。但也没办法催得太紧。无论如何，我年满五十这件事是无可避免的。"那你感觉如何？"他问。我笑了，只是耸了耸肩。我什么也没说，出于两个原因。首先，我还不知道该在闲暇时间做些什么。其次，我被这突然的关心感动了。今天是一个好日子。

4月4日，星期四

我们又一次不得不留到很晚。这次是我们的错：得找出一个差额。让谁留下是个大问题。可怜的罗布雷多用挑战的眼神看着我，但我没选他；我宁愿他认为自己已经控制了我。桑蒂尼有个生日聚会，穆纽兹因为指甲发炎而心烦意乱，西耶拉已经两天没来上班了。最后门德斯和阿贝雅内达留下了。差一刻八点时，门德斯非常神秘地朝我走过来，问我什么时候能结束。我跟他说至少得到九点。于是，更加神秘地，而且为了不让阿贝雅内达听到，他极端谨慎地向我坦白说九点钟他有个约会，想先回家洗个澡，刮个胡子，换件衣服，等等。我还是让他受了点罪。我问他："她性感吗？""她是首诗，头儿。"他们很清楚，征服我的唯一武器就是率直。而他们直率得过了头。我允许他走了，当然。

可怜的阿贝雅内达。当巨大的办公室里只剩下我们时，她比平时更紧张了。她把工资表递给我时，我看到她的手在颤抖，便出其不意地问道："我的外表那么有威胁性吗？别这样，阿贝雅内达。"她笑了，从那一刻开始工作得更安心了。和她说话真是门学问。我总是得在严格和信任之间把握平衡。我用余光看了她三四次。很明显这是个好姑娘。个性鲜明，是个诚实的人。每当工作令她有点疲于招架时，她的头发会不可避免地有点乱，而这很衬她。九点十分时我们找到了差额。我问她想不想让我送她。"不用，桑多梅先生，这怎么行。"但在往广场走的路上，我们聊起了工作。她也没有接受喝杯咖啡的邀请。我问她住哪里，和谁同住。父母。男朋友呢？在办公室之外，她对我的尊敬大概少一点，因为她给出了肯定的答案，而且用的是平常的语气。"那我们什么时候凑份子①？"出于这种情况下的习惯，我问道。"哦，我们一年前才认识。"我觉得，在承认自己有男朋友之后，她更有安全感了，而且还把我的问题解读成了一种近乎父性的关心。她积攒起所有的勇气来调查我是否结了婚，有没有孩子，等等。听闻我丧偶的消息后，她变得非常严肃，我相信她在迅速转换话题和陪我进行迟到二十年的哀悼之间挣扎了一会儿。理智获胜了，她转而跟我谈起了男朋友。她的有轨电车出现时，我刚知道了他在市政府工作。她居然跟我握了手，真荒唐。

4月5日，星期五

阿尼巴尔的来信。他在圣保罗很无聊，月底回国。对我来

---

① 当时乌拉圭的习俗，同事们会一起为即将举办婚礼的新人凑一笔钱，作为新婚礼物。

说这是个好消息。我的朋友寥寥无几，而阿尼巴尔是其中最好的一个。至少，他是我唯一可以与之聊某些话题而不会感到自己荒谬的人。我们得找个时间，研究一下彼此相似之处的基础是什么。他是天主教徒，我什么都不是。他风流成性，我仅限于满足最基本的需求。他活跃，有创造力，果决；而我墨守成规，优柔寡断。确实，有很多次，是他促使我做出一个决定；另一些时候，是我用我的某个疑问让他刹住了车。我母亲去世时——到八月就满十五年了——我一度一蹶不振。只有对上帝、亲戚、他人的灼热愤怒支撑着我。每每回忆起那无止境的守灵，我都会觉得恶心。来参加的人分两种：走到门口就开始哭、然后用双臂使劲摇晃我的，还有只是来完成任务、带着令人讨厌的内疚向我伸出手然后过十分钟就开始讲黄色笑话的。就在那时，阿尼巴尔来了，他朝我走过来，甚至没有向我伸出手，就自然地说起话来：关于我，关于他自己，关于他的家庭，甚至关于我母亲。这种自然就像一种香膏，真正令人感到安慰；我将其理解为一个人能献给我母亲和正在怀念母亲的我最好的致敬。这仅仅是一个细节，一个几乎不值一提的片段，这我当然明白，但它发生在了一个痛苦让人拥有夸张感知能力的时刻。

4月6日，星期六

不可理喻的梦。我正穿着睡衣穿过盟军公园。忽然，在一栋二层豪华宅邸所在的小路上，我看到了阿贝雅内达。我毫不犹豫地走了过去。她穿着一条素色的连衣裙，没有饰物也没有腰带，直接贴着皮肤。她坐在一张厨房凳上，在一棵桉树旁，正削着土豆。忽然我意识到天已经黑了，我走近她，对她说："田野的味道真好闻。"看起来，我给出的理由是决定性的，因为我立即开始全身心地占有她，而她也丝毫没有反抗。

今天早上，当阿贝雅内达穿着一条素色的连衣裙——没有饰物也没有腰带——出现时，我没能控制住自己，对她说："田野的味道真好闻。"她用真正惊恐的眼神看着我，正是人们看疯子或醉汉时的那种眼神。更糟的是，我试图向她解释我是在自言自语。我没能说服她，而中午她离开时，仍然有些戒备地看着我。又一个证据，证明人在梦里可能比在现实中更使人信服。

4月7日，星期天

几乎所有的星期天，我都是独自吃午饭和晚饭，这让我无可避免地有些伤感。"我对我的人生做了些什么？"这是一个听起来像加德尔①或女性副刊或《读者文摘》的问题。没关系。今天是星期天，我觉得自己可以无视这种可笑，可以提出这类问题。在我的个人经历中，从未出现过非理性的变化或者异常而突然的转向。最异常的便是伊莎贝尔的死。我自以为的挫败感的真正关键，是否就在这死亡之中？我想不是。不仅不是这样，我越探究自己，就越深信那年轻的死亡，可以说是一种带着幸运的不幸（看在上帝的分上，这听起来真是粗俗又卑鄙。连我自己都被吓到了）。我想说的是在伊莎贝尔消失的那一刻，我二十八岁，她二十五岁。在当时，我们正处于欲望的顶峰。我想我最强烈的身体欲望是被她激起的。或许正因为此，尽管我无法重构（用我自己的影像，而非照片或对回忆的回忆）伊莎贝尔的面孔，却能再次在双手中感觉到——只要我需要——她腰部特殊的触感，她的腹部，她的腿肚子，她的乳房。为什么我的手掌拥有比我的记忆更为忠实的记忆？我可以从这一切中提炼出一个后果：如果伊莎贝尔活到了身体自然松弛的时候（她在这方面有优势：她全身上下的皮肤都光滑紧致），而我渴望她的能力也随之松弛，我将无法保证我们之间的典范关系会何以为继。因为我们全部的和谐——这是真实的——无情地依赖于床，依赖于我们的床。这句话的意思不是说在白天我

---

① 卡洛斯·加德尔（Carlos Gardel，1890—1935），著名歌手、作曲家、演员，是阿根廷探戈的代表人物。

们鸡犬不宁；恰恰相反，在我们的日常生活中，向来有一定剂量的和睦相处在起作用。可是，是什么约束着爆发，约束着失控？很简单，是夜晚的享受，是它在白天的索然无味中守护神般的存在。如果有哪一次，恨意在诱惑我们，让我们开始抿紧嘴唇，夜晚的诱惑会在我们眼中闪现，无论是过去的还是未来的，于是，无可避免地，一阵平息所有仇恨萌芽的温柔浪潮便会将我们包裹起来。对这一点我毫无疑问。我的婚姻是一件好事，一个快乐的时期。

然而，在其他方面呢？因为还有一个人对自己的看法——某种难以置信地与虚荣心并无太多关联的事物——我指的是百分之百真诚的看法，连向刮胡子时照的镜子都不敢坦白的那种看法。记得有一个时期（在我十六岁到二十岁之间的那段时间），我自我感觉良好，自认几乎称得上优秀。那时我感觉自己有种想开始做"某种大事"的冲动，想成为对很多人有用的人，想让事情走上正轨。不能说我的态度是一种愚蠢的自我中心主义。尽管希望被接受，甚至希望得到他人的掌声，我相信我最重要的目的并不是利用他人，而是成为对他们有用的人。我当然知道这不是纯粹的基督徒式的仁爱；而且，我也不太在乎基督徒式的仁爱。我记得自己并不奢望帮助贫困的人，或者疯狂的人，或者不幸的人（我越来越不相信那些组织混乱的帮助）。我的意图更为谦逊；我只希望自己对与我平等的人、对那些有更易理解的权利需要我的人有用。

说实话，那种极其良好的自我感觉已经大为衰退了。今天我觉得自己是个俗人，而且在有些方面很无助。如果意识不到（只是思想上，当然）我其实高于这种庸俗，可能我会更容易忍受自己的生活方式。知道在自己身上有——或者有过——达到另一种可能性的充足条件，知道自己高于——虽然没有太多——我那令人精疲力尽的工作，高于我屈指可数的消遣，高于我日常对话的节奏：知道这一切其实对我的平静毫无帮助，反而令我感到更加沮丧，更加无力克服客观条件。这一切中最糟的，是并没有发生什么可怕的事情（好吧，伊莎贝尔的死是很严重，但我不能将它称为可怕；到头来，还有什么事比离开这个世界更自然吗？）来刹住我最好的势头，来阻碍我的发展，来将我与令人昏昏欲睡的例行公事绑在一起。是我本人制造了我的例行公事，但却是通过最简单的途径：积累。对自己有能力去做更好的事情的确信，让我落在了拖延的手中，最终这是一个可怕的、自杀式的武器。因此我的例行公事从来没有性格也没有定义；它一直是临时性的，一直是个不稳定的方向，只是为了在拖延仍然持续时可以随波逐流，只是为了在最终投身于我的命运之前，在我认为不可或缺的准备阶段之中忍受工作日的义务。一派胡言，对吧？现在，我没有什么值得一提的不良嗜好（我烟抽得很少，只有无聊时会偶尔抽上一支），但我想我已经无法放弃拖延了：这就是我的不良嗜好，而且无药可医。因为如果现在我决定用一种为时已晚的宣誓来向自己保证："我要一丝不苟地成为我想成为的那个人"，那么一切都是无用功。首先，因为我自觉力量薄弱，无法去赌一场生活方式的改变；其次，以前想成为的人，现在对我来说又有什么效力呢？就像是有意识地将自己抛向一种不成熟的老境？我现在渴望的比三十年前渴望的更加节制，而且，特别是，我远不像以前那么在乎是否能得到它。比如说，退休。这自然是一个愿望，但这是一个下坡路上的愿望。我知道它会到来，知道它会自己到来，知道它不需要我提出任何建议。这样很简单，这样才值得人投入其中，做出决定。

4月9日，星期二

今天上午，"笨蛋"比格纳雷打电话来找我。我让人告诉他我不在，但他下午又打来了，让我感觉自己不得不接。在这方面我毫不含糊：如果我有这样一段关系（我不敢称其为友谊），也许是因为活该吧。

他想到我家来。"有个秘密，老伙计。我不能在电话里跟你说，也不能因为这事带你来家里。"我们约了星期四晚上喝一杯。他会在晚饭后来。

4月10日，星期三

阿贝雅内达有什么地方很吸引我。这很明显，但到底是什么？

4月11日，星期四

离我们吃晚饭还有半小时。今晚比格纳雷会来。只有布兰卡和我在家。小伙子们一听说有客人就消失了。我不怪他们。换了是我也会逃走的。

布兰卡身上有某种变化。她脸色红润，不是因为化妆品；洗过脸之后她的脸色会更加红润。有时她忘了我也在家，会唱起歌来。声音很小，但听得出心情很好。听到她唱歌我很高兴。我的孩子们脑子里在想什么？此时此刻，他们拥有上坡路上的愿望吗？

4月12日，星期五

昨晚比格纳雷是十一点到的，凌晨两点才走。他的问题用三言两语就可以概括：他的内弟媳爱上了他。比格纳雷的版本值得被记录在案，尽管只是大概："你瞧，他们已经和我们住了六年了。我不会跟你说在这之前我从来没注意过艾尔维拉。你也意识到了她挺性感。你要是见过她穿泳衣，肯定大吃一惊。但是，喂，看是一回事，利用是另外一回事。你又能怎么样？我的领导已经有点发胖了，而且家里的活儿和照顾小孩让她精疲力尽。你能想象，结婚十五年之后，也不可能一见她就立刻欲火焚身。另外，她那月经一来就是半个月，所以要让我的欲望正好碰上她方便的时候，这相当困难。说实话，我常常很饥渴，这时候就会眼馋艾尔维拉的腿肚子，最糟的是，她在家总是穿着短裤。问题是这女人把我的眼神理解错了；好吧，其实她的理解是对的，但也不至于如此。实际情况是，如果早知道艾尔维拉喜欢我，我连看都不会看她，因为我最不希望的就是在自己家里乱搞，对我来说家永远是神圣的。最开始是眉来眼去，我装傻充愣。但那天她把腿伸到了我身上，就那样，穿着短裤，我只好对她说：'你小心点。'她回答我说：'我不想小心。'这就是个灾难了。之后她问我是不是瞎了，还有我很清楚她对我并非无动于衷，等等，等等。尽管知道她会当耳边风，我还是提醒了她丈夫——也就是我内弟——的存在，你知道她怎么回答我吗？'谁？那个疯子？'最糟糕的就在这儿：她说得有道理，弗朗西斯科是个疯子。这是让我良心上的不安有点冷却的原因。换了你是我，你会怎么做？"

换了我是他，我不会遇到任何问题：首先，我不会和他妻子那种白痴结婚；其次，我绝对不会被另一个老江湖的肥肉吸引。但除了说几句场面话，我也没有其他选择："你得小心。想想你可能摆脱不了她。如果你想让全家人吵到不可开交，那就上吧；但如果对你来说家庭比什么都重要，就别冒险。"

他走的时候良心不安，忧心忡忡，犹豫不决。然而我想，弗朗西斯科的前线已经岌岌可危了。

4 月 14 日，星期天

今天上午我搭了公交车，在阿格拉西亚达路和四月十九日大街交口处那站下了车。我已经好几年没去那边了。本来还带着造访一座陌生城市的幻想。现在我才意识到我已经习惯了住在没有树的街上。而这些街道是多么无可救药的冰冷。

生活中最令人愉快的事情之一：看着阳光如何透过树叶洒落下来。

今天过了个不错的上午。但下午我睡了四个小时午觉，起床时心情很差。

4月16日，星期二

我仍然没去研究阿贝雅内达哪里吸引我。今天我在观察她。她的步态很好，她挽起头发的动作很和谐，她的脸颊上有一层薄薄的茸毛，像桃子的茸毛。她会和男朋友做什么？或者不如说，男朋友会和她做什么？扮演一个体面的伴侣，还是像任何一个邻家小子一样欲火焚身？留给在下的关键问题：嫉妒吗？

4月17日，星期三

埃斯特班说如果我想年底退休，现在就应该开始准备了。他说会帮我办这件事，但尽管如此仍然需要时间。帮我办这件事也许意味着要贿赂什么人。我不想这样。我知道更卑鄙的是另一个人，但那样的话我也并不无辜。埃斯特班的理论是，需要用大环境所要求的风格做事。在一个环境中理所当然正直的行为，在另一个环境中也许理所当然地愚蠢。他说得不无道理，但他的不无道理令我气馁。

4月18日，星期四

监察员来了：亲切，髭须茂盛。没人想到他会这么烦人。他从要求看最新的收支平衡表开始，到索要最早那份清单里的单项差额结束。从早晨到下午最后一小时，我都在来回搬运乱七八糟的旧账簿。监察员礼数周到：微笑，道歉，说"万分感谢"。真是个有魅力的家伙。他为什么不去死？起初我还按捺着愤怒，从牙缝里挤出回答，心里骂着娘。之后，不满便让位于另一种感受。那些 1929 年的初始数据，是我写下的；日报草稿里那些销售条目和转回分录，是我写下的；出纳处账簿里铅笔字的运输信息，也是我写下的。那时我只是个小伙计，但他们已经给我重要的事做了，尽管那微小的荣耀只属于头儿，正如现在我用穆纽兹和罗布雷多做的重要的事来赢得我微小的荣耀一样。我感觉自己有点像公司的希罗多德①，是它历史的记录者和抄写员，是幸存下来的见证者。二十五年。五个五年。或者四分之一世纪。不。平实而简单地说，二十五年，这听起来更加触目惊心。还有，我的字体是怎么慢慢变化的啊！1929 年我的字迹东倒西歪：小写 t 倾斜的方向和 d 的、b 的或者 h 的都不一样，好像同一阵风并没有吹过所有字母。1939 年，

---

① 希罗多德，古希腊作家，其著作《历史》是西方文学史上第一部完整流传下来的散文作品。

f、g、j 的下半部分看上去像某种犹豫不定的流苏，既没有性格也没有意愿。1945 年开启了大写的时代，开始了我用宽阔的弧度装饰字母那壮观而无用的嗜好。M 和 H 是硕大的蜘蛛，甚至附带蛛网。现在我的字变得像是合成出来的，彼此配套，训练有素，干净整洁。这只能证明我是一个模拟器，因为我自己已经变得复杂、古怪、混乱、不纯粹。当监察员向我要一个 1930 年的数据时，我猝不及防地认出了自己的字体，一段特殊时期的字体。用同样的字体我写下过"1930 年 8 月员工工资结算细节"，而在同一年，我每星期都用同样的字体写下两次"亲爱的伊莎贝尔"，因为伊莎贝尔那时住在梅洛①，我每周二和周五都会准时给她写信。那么，这就是，我作为男友时的字体。被记忆所感动，我露出了微笑，而监察员也朝我微笑。之后他又找我要了另一个单项的差额。

4 月 20 日，星期六

我会不会已经干涸了？在情感上，我是说。

---

① 梅洛，乌拉圭东北部城市。

4 月 22 日，星期一

桑蒂尼新的忏悔。又是关于他十七岁的小妹妹的。他说父母不在家时，她会到他房间来，在他面前几乎裸着跳舞。"她的泳衣是那种两件的，您知道吗？嗯，她来我房间跳舞时，会把上面那件脱掉。""那你怎么办？""我……我很紧张。"我对他说，如果只是很紧张，那就没有危险。"但是，先生，这不正常。"他说，摇晃着戴着小链子和徽章的手腕。"那她，穿那么少来你面前跳舞，给你的理由是什么？""您看，先生，她说我不喜欢女人，她想治好我。""那这是真的吗？""嗯，就算是真的……她也不用这么做……为了她自己……我觉得。"于是我屈服了，问出了他一直以来都想被问到的问题："那男人呢，你喜欢吗？"他又晃了晃小链子和徽章。他说："但这是不道德的，先生。"他朝我挤了挤眼——介于顽皮和恶心之间，然后在我还没来得及补充什么时，问道："还是说您不这么认为？"我让他去外面卖简报了，还给他派了份相当糟心的工作。他至少有十天头都抬不起来。就差给我来这一出了：部门里有个同性恋。看起来还是"良心不安"的那一种。真是个人物。然而，有一点是肯定的：他妹妹也不是省油的灯。

4月24日，星期三

今天，像所有的4月24日一样，我们一起吃了晚饭。理由充分：埃斯特班的生日。我想我们所有人都多多少少感觉自己有义务表现得高兴。连埃斯特班看起来都不再喜怒无常；他讲了几个笑话，还坚强地忍受了我们的拥抱。

布兰卡准备的晚饭是当晚的高潮。自然，这也为好心情做了准备。如果说比起洋葱土豆饼，葡国鸡能令我更加乐观，这并非完全荒谬。难道没有一个社会学家想到去做一项关于消化在乌拉圭文化、经济和政治中影响的分析吗？我们多会吃啊，我的上帝！在快乐中，在痛苦中，在恐惧中，在气馁中。我们的敏感从根本上说是消化型的。我们生来就有的民主天性以一个古老的准则为支撑："我们所有人都要吃饭。"我们的信徒在乎的只是上帝是否原谅他们的债务，反倒肯眼泪汪汪地跪下恳求，希望自己不要缺了我们每日的面包。而我敢肯定，这"我们的面包"不是单纯的符号，而是论公斤卖的德国面包。

话说，我们吃得很好，还开了一瓶上好的粉红酒为埃斯特班庆祝。晚餐接近尾声，当我们正慢慢搅着咖啡时，布兰卡宣布了一则新闻：她有男朋友了。哈伊梅用一种奇怪又难以形容的眼神（哈伊梅是什么？哈伊梅是谁？哈伊梅想要什么？）上下打量着她。埃斯特班开心地问起那个"倒霉鬼"的名字。我相信我感到高兴，也表现了出来。"那我们什么时候能认识这个宝贝？"我问道。"你瞧，爸爸，迭戈不会搞那种每周一三五的礼节性拜访。我们在任何一个地方见面，在市中心，在他家，在这儿。"当她说出"在他家"时我们肯定皱起了眉头，因为她急忙补充道："他和他母亲住在同一个公寓。你们别害怕。""那他母亲，从来不出门吗？"埃斯特班问，语气已经有点刻薄。"你别烦人。"布兰卡说，然后立即将问题抛向了我，"爸爸，我想知道你是不是信任我。这是我唯一在乎的意见。你信任我吗？"每当他们这样出其不意地问我时，我只能有一种答案。我女儿知道这一点。"我当然信任你。"我说。埃斯特班克制地将他怀疑的证据留在了一声响亮的咳嗽里。哈伊梅依旧一声不吭。

4月26日，星期五

经理又召开了一次部门负责人会议。苏亚雷斯不在，他很幸运地得了流感。马丁内斯趁此机会说了些实话。说得挺好。我羡慕他的能量。我内心深处对这些毫不在意：办公室，头衔，等级，还有其他的蠢事。我从来都不觉得级别有什么吸引人的地方。我的秘密座右铭："级别越低，责任越小。"没有要职在身的人确实活得更舒服。至于马丁内斯，他做得很好。在所有部门负责人中，有希望升任副经理（年底将要空出的职位）的人只有——按工龄排序——我、马丁内斯和苏亚雷斯。马丁内斯不怕我，因为他知道我要退休了。相反他害怕（而且理由充足）苏亚雷斯，因为自后者和巴尔贝尔德过从甚密开始，其升迁速度有目共睹：从出纳助理到去年年中的一号职员，仅仅四个月前又从一号职员升任签发部负责人。马丁内斯清楚地知道，抵御苏亚雷斯的唯一方法是让他失去信誉。值得一提的是，要达到这一目的，他并不需要绞尽脑汁发挥想象力，因为苏亚雷斯，在完成工作方面是个灾难。他知道自己可以幸免，知道自己被人嫉恨，但良心不安从来不是他的强项。真应该看看另一个人把强压的怒火一股脑倒出来时经理的脸色。马丁内斯直接问他，"经理先生以前是不是不知道其他董事会成员也有某个女儿想跟部门负责人睡觉"，还补充说他"随时待命"。经理问他说这话是想干什么，是不是想被停职。"当然不是，"马丁内斯声明，"我想要的是升职。据我理解这是程序。"经理令人同情。他知道理在马丁内斯那边，但是，除此之外，也知道他什么都做不了。至少现在如此，苏亚雷斯动不得。

4月28日，星期天

阿尼巴尔回来了。我去机场接他。他更瘦，更老，更消沉了。无论如何，再见到他仍然是一种快乐。我们聊得很少，因为他的三个姐妹也在场，而我跟这群鹦鹉从来都合不来。我们约好最近几天见面，他会给我办公室打电话。

4月29日，星期一

今天我们部门是一片荒漠。少了三个人。除此之外，穆纽兹在外面办事，而罗布雷多要和销售部一起检查登记卡。还好每个月这时候没有太多工作。烂摊子总是在月初出现。趁着孤独，加上工作不多，我跟阿贝雅内达聊了一会儿。从差不多四天前开始，我就发现她心情低落，几乎是悲伤了。是的，悲伤占据了她。让她的面庞更消瘦，眼睛更忧伤，让她看起来更年轻了。我喜欢阿贝雅内达，我想这点我已经写过了。我问她怎么了。她走到我办公桌前来，朝我微笑（她微笑的样子多好看），什么也没说。"差不多四天前我发现您心情低落，几乎是悲伤了。"我对她说，为了让我的评论和我的想法拥有同样的词语，我补充道，"是的，悲伤占据了您。"她没有把我的话当作恭维。只有那双忧伤的眼睛高兴了起来，然后她说："您真好，桑多梅先生。"为什么是"桑多梅先生"，我的上帝？前半句话多么动听……"桑多梅先生"令我想到自己即将到来的五十岁，无情地熄灭了我的自负，只为我剩下了用虚伪的父亲般的语气提问的力气："男朋友？"可怜的阿贝雅内达眼中充满了泪水，用一个像是肯定的动作点了点头，口齿不清地说了句"对不起"，就跑去了洗手间。有一会儿，我在我的文件前不知如何是好；我想我被感动了。我感到激动，我已经很久没有过这样的感觉了。而这不是当你看到有个女人在哭或是快要哭出来时那种普通的紧张。我的激动是我自己的，只属于我自己；那是参与我自身震荡的激动之情。突然我恍然大悟：所以我没有干涸！阿贝雅内达回来时脸上已经没有泪水，还有点羞愧，而我仍然在自私地享受着我的新发现。我还没有干涸，还没有干涸。于是我带着感激之情望向她，而由于这时穆纽兹和罗布雷多回来了，我们两人都低下头开始工作，仿佛遵守着一个秘密约定。

4月30日，星期二

我这是怎么了？那唯一的句子——好像那是一句流行的广告语，一整天都在我脑中徘徊："所以她和男朋友吵架了"。而之后我呼吸的节奏便会愉悦起来。就在发现自己没有干涸的同一天，我反而感到了令人无法平静的自私。好吧，我相信，尽管如此，这意味着向前一步。

5月1日，星期三

宇宙历史上最无聊的劳动节。祸不单行：阴天，下雨，过早到来的冬日气息。街上没有人，没有公交车，空无一物。而我在我的房间里，在我一个人的床上，在七点半这黑暗、难挨的寂静之中。多希望已经是早晨九点，希望我在我的办公桌前，时不时望向左边，看到那个忧伤、聚精会神、不设防的小人儿。

5月2日，星期四

我不想和阿贝雅内达谈。首先，因为我不想吓到她；其次，因为其实我不知道该和她谈些什么。在此之前，我得先确切地知道在我身上正在发生什么。在我这个年纪，这姑娘一出现——她甚至不一定美丽——就变成了我注意力的中心，这怎么可能。我感觉自己紧张得像个青少年，真的，但当我看到自己开始松弛的皮肤，当我看到自己眼角的皱纹、脚踝上的静脉曲张，当我早上觉察到自己老年人般的咳嗽——对我的支气管开始新的一天来说绝对必需，我便不再觉得自己像个青少年，而是荒唐可笑。

我所有的情感机制早在二十年前伊莎贝尔死去的时候就停滞了。首先是痛苦，之后是冷漠，再晚些是自由，最后是厌倦。哦，在所有这些阶段，性始终活跃。但技巧是蜻蜓点水。今天一段公交车上的节目，明天一个来检查的会计，后天是埃德加尔多·拉马斯公司的出纳。从来不会跟同一个人来两次。一种对做出承诺、对在一段正常关系中设置未来的无意识抵抗，这是不变的基准。这一切是为什么？我在捍卫什么？伊莎贝尔的形象？我不这么认为。我不觉得自己是这一悲剧性承诺的受害者，而且，我对此也从不赞同。我的自由？有可能。我的自由是我的惯性的别名。今天和这个睡，明天和那个睡；好吧，这只是一种说法，这种事一星期最多会发生一次。生理性的需求，仅此而已；和吃饭一样，和洗澡一样，和排便一样。和伊莎贝尔则不一样，因为那时有某种交流，而且当我们做爱时，仿佛我每一块坚硬的骨头都对应着她一处柔软的凹陷，我的每一次冲动都会数学般地找到她接受的回声。为彼此而生。就像一个人会习惯和相同的舞伴跳舞。最初，每个动作都对应着一个摹本；之后，那摹本又对应着每一种思绪。一个人只是自己的所思所想，而只有两个人的身体才能构成形象。

5月4日，星期六

阿尼巴尔给我打了电话。我们明天见面。

阿贝雅内达今天没来办公室。哈伊梅问我要钱。他以前从没这么做过。我问他为什么需要钱。"我不能也不想告诉你。你要是想借就借给我，不想借就自己留着。对我来说完全一样。""一样？""对，一样，因为如果我要付出被刺探隐私的代价，对你敞开我的私生活，我的心脏，我的肠子，等等，我宁愿去随便什么别的地方弄钱，那儿只会找我要利息。"我给了他钱，当然。但是，这暴力是冲谁来的？一个简单的问题不是被刺探隐私的代价。这一切中最糟糕、最令我愤怒的，是一般来说我问这些问题纯属心不在焉，因为我最不希望的就是踏入他人的私人区域，而比最不希望还不希望的，则是踏入孩子们的私人区域。可无论是哈伊梅还是埃斯特班，一旦涉及我，都永远处在那种前冲突状态。而他们都是可怕的一根筋；那么，就让他们去自寻出路吧。

5月5日，星期天

阿尼巴尔已经不是以前的他了。以前我一直有个秘密的印象，觉得他会永远年轻，直到永恒。但看起来永恒已经来过了，因为在我看来他已经不再年轻。他的外表衰老了（很瘦，骨骼更加明显，衣服穿在身上很大，小胡子参差不齐），但不仅因为此。从他声音的腔调——我觉得比我记忆中更加晦暗，到他双手的动作——已经失去了活力；从他的目光——起初我只是觉得无精打采但后来我意识到那是幻灭，到他聊天的话题——以前火花四溅而现在难以置信的灰暗，这一切都可以概括为一个唯一一的证明：阿尼巴尔失去了他生活的乐趣。

他没有聊任何与自己有关的内容，也就是说，他只是在表面上谈到了自己。看起来他攒了些钱，想在这里做生意立足，但还没有决定做哪类生意。对了，他仍然对政治感兴趣。这不是我的强项。我注意到了这点，他提的问题一个比一个更尖锐，仿佛在为他无法理解的事物寻求解释。我意识到，这些人们有时会在办公室或咖啡馆里提起，或是在早餐读报时恍惚思考的小话题，我意识到关于这些话题自己并没有形成真正的意见。阿尼巴尔迫使我去思考，我想我在回答他的过程中逐渐确认了自己的观点。他问我觉得一切比五年前他离开时更好还是更糟。"更糟"，我所有的细胞一致回答。但之后我还得解释为什么。唉，真是项任务。

因为，说实话，腐败一直存在，走后门和官商勾结也是一样。所以，是什么变糟了？在绞尽脑汁之后，我相信现在更糟的是逆来顺受。反叛者变成了半个反叛者，半个反叛者变成了逆来顺受者。我相信在明亮的蒙得维的亚，最近一段时间发展最快的两个群体是同性恋和逆来顺受者。"什么都做不了"，人们这么说。以前只有想要得到什么非法东西的人才会贿赂。那好吧。但现在想得到正当事物的人也要行贿，而这意味着完全的堕落。

但逆来顺受并不是全部的真相。最初是逆来顺受；之后，是对廉耻心的抛弃；再后来，是参与其中。说出以下金句的是一位过去的逆来顺受者："如果上面的人能咽得下去，那我也能。"自然，这位过去的逆来顺受者为他的不诚实而感到抱歉：这是不让其他人超过他的唯一方式。他说他不得不加入这一游戏，因为不然的话他的钱就会越来越不值钱，而且会有更多的康庄大道向他关闭。他还对那些迫使自己走上这条道路的先锋们保持着一种报复性的、隐蔽的恨意。说到底，也许他才是最虚伪的人，因为他并没有做任何事来让自己避免这种情况。也许他也是最无耻的那个，因为他清楚地知道没有人会因为诚实而死。

不习惯想这些就是这样！阿尼巴尔在凌晨离开后，我仍然非常不安，以至于连阿贝雅内达都不愿去想了。

5月7日，星期二

有两种和阿贝雅内达说这件事的方法：a.直率的，大致这样对她说："我喜欢您，让我们看看会发生什么。"b.虚伪的，大致这样对她说："你看，姑娘，我有我的经验，我都能做你父亲了，听听我的建议。"尽管听起来难以置信，也许第二种更能说服我。用第一种方法的话，我会冒很大风险，而且现在一切都还太不成熟。我相信到目前为止她在我身上看到的是一个还算得上亲切的领导，仅此而已。然而，她并不那么年轻了。二十四岁不是十四岁。在这些姑娘之中，总有一个更喜欢成熟男人。可她的男朋友是个毛头小子。好吧，看来上次事与愿违。也许现在，她的反应会走向另一个极端。而在另一个极端上的可以是我，成熟的先生，经验丰富，白发苍苍，平静，四十九岁，没有什么大毛病，收入不错。我就不把三个孩子放在简历里了；他们帮不上忙。总之，她知道我有孩子。

但事实上（说这句话时要用街区大嫂们的口吻），我的意图是什么？说实话，我还没下定决心去思考长久的关系，"直到死亡将我们分开"那种（我写下死亡，伊莎贝尔就会出现，但伊莎贝尔另当别论。我想在阿贝雅内达身上我并不那么在乎性的部分，也可能是性的部分对四十九岁的我不像对二十八岁的我那么重要了），但我也没下定决心接受没有阿贝雅内达在身边。我知道，最理想的，是有阿贝雅内达而没有持久的义务。但这样就要求过多了。不过也可以一试。

在和她谈之前，我什么都无法知道。所有这些都是我编的故事。确实，在这个年纪，我已经有点厌倦那些黑暗中的约会，那些钟点房里的见面。总有一种空气稀薄的氛围，一种即刻、急事的感觉，会破坏我和任何一类女人的任何一类对话。而在与她上床的那一刻，无论她是谁，重要的是与她上床；做完爱之后，重要的是离开，回到各自的床上，永远无视对方。在年复一年的游戏中，我不记得任何一段抚慰人的对话，不记得任何一个令人感动的句子（无论是我的还是对方的），那些是为再次见面而准备的话语——谁知道在哪个令人疑惑的瞬间——为了在结束时带着某种犹豫不决，为了让我们下决心选取一种需要最小剂量勇气的态度。好吧，这并不完全是真的。在里贝拉街的一间钟点房里，有个女人对我说了这句著名的话："你做爱时摆出的是张职员的脸。"

5月8日，星期三

比格纳雷又来了。他在办公室外面等我。我无计可施，只好接受了他喝一杯加奶浓缩咖啡的提议，以此作为一小时私房话无可避免的序言。

他容光焕发。看起来，内弟媳的爱情攻势成功了，那么他们目前正处于浪漫插曲之中。"她跟我上床了，感觉不像真的。"他边说边抚摸着一条非常年轻的领带——带着蓝色小菱形的奶油色，顺便说，这与他在仅仅是丈夫——忠诚的丈夫——时期用的那些皱巴巴的、难以界定的深棕色领带相比，意味着一种有目共睹的进步。"女人中的女人，嗬，而且还带着过去的饥渴。"

我能想象健壮的艾尔维拉过去的饥渴，但连想都不愿想可怜的比格纳雷六个月后的样子。但现在他每一个毛孔都散发着快乐。他真的相信是自己的男性魅力吸引了她，而没有意识到在另一个人（或许，可怜的弗朗西斯科没有揭穿他阉鸡般恬静的一面）"过去的饥渴"面前，他仅仅代表着她最唾手可得的男人，还有平常见面的可能性。

"那你妻子呢？"我问他，带着警觉的道德感。"尽管放心。你知道她那天怎么跟我说的吗？说最近我的性格好多了。而且她说得有道理。我连肝功能都变好了。"

5月9日，星期四

我不能在办公室里和她说。得另找一个地方。我在研究她的行程。她经常在市中心吃午饭。和一个女友一起，一个在"伦敦巴黎"工作的胖姑娘。但之后她们会分开，然后她自己去第二十五路和使命路交口处的一家咖啡馆喝东西。应该是一次随意的相遇。这是最好的选择。

5月10日，星期五

我认识了迭戈，我未来的女婿。第一印象：我喜欢他。他的目光里有种决心，说话时带着某种并非毫无根据（我这么觉得）的骄傲，也就是说，以他本人的某种特质为支撑。他对我很尊敬，但没有拍我的马屁。他的态度里有种让我喜欢的东西，我相信也让我的虚荣心喜欢。他在我面前是有准备的，这很明显，而这种充分的准备，如果不是来自他与布兰卡的谈话，还能来自哪里呢？如果知道我女儿对我印象不错的话，至少在这方面，我会感到真正的快乐。这很有趣；我不在乎，比如说，埃斯特班对我的看法。相反，我在乎，而且相当重视哈伊梅和布兰卡的。也许那复杂的原因在于，尽管他们三个对我来说都代表着很多，尽管在他们三个身上都能看到我的冲动和我的顾忌，但是在埃斯特班身上我还注意到了某种谨慎的敌意，一种连他自己都不敢向自己承认的恨的变体。我不知道先出现的是什么，是他的抗拒还是我的，但事实是我也不像爱其他孩子那样爱他，我一直觉得自己离这个从不在家停留的儿子很远，他跟我说话仿佛是出于义务，让我们所有人觉得自己在"他的家庭"里是一个"怪人"，那个家庭由他组成而且只由他组成。哈伊梅也不太爱和我沟通，但在他身上，我没有发现这种无法控制的抗拒。哈伊梅，在内心深处，是一个无可救药的孤僻之人，而其他人，其他所有人，都是来为此承担后果的。

说回迭戈：小伙子有性格，这让我高兴，对布兰卡也有好处。他比她小一岁，但看起来比她大四五岁。最重要的是她感到自己被保护着；而布兰卡很忠诚，不会让他失望。我喜欢他们两个人一起单独出去，没有表妹或妹妹的陪伴。同伴情谊是个美好、无可替代、无法复原的阶段。在这方面我永远不会原谅伊莎贝尔的母亲：恋爱期间她总是像块膏药一样贴着我们，把我们盯得那么紧，又那么充满妒意，就算一个人是纯洁的顶点，也会有种感觉，觉得自己想要召唤出所有能想到的罪过念头。甚至在她不在场的——极少，顺便说——时候，我们也没有独处的感觉；我们很确定在被一个戴头巾的幽灵记录着一举一动。如果哪次我们接了吻，就会非常紧张，非常警觉，试图察觉出任何一个她出现在起居室某个角落的先兆迹象，以至于吻对我们来说永远仅仅是一瞬间的接触，带着极少的性的意味和更少的温柔，反而带着很多的惊恐、短路、受伤的神经过敏。她还活着；那天下午我在萨兰迪大道①看到了她，高瘦、利落、精神百倍，陪着六个女儿中最小的那个，还有个一脸在押男友表情的倒霉蛋。女孩和那位候选人没有牵手，他们之间有一道少说长达二十厘米的光。很明显，老太太仍旧没有放弃她著名的格言："手臂，等我结婚时再挽。"

---

① 位于蒙得维的亚老城区的主要步行街。

但我又一次远离了迭戈的话题。他说他在一间办公室工作，但这只是临时性的。"我无法想象自己永远被关在那里，咽下账本里陈旧的味道。我肯定我会成为另一种人，做另一件事，我不知道那会比我现在做的事更好还是更差，但得是另一件事。"我也有一个时期是这样想的。然而，然而……这家伙看起来比我果断。

5月11日，星期六

有一次我听到她说，星期六中午会和一个表妹在第十八路和巴拉圭路的交口处见面。我得和她谈谈。我在那个街角等了一小时，但她没有来。我不想约她；必须是一个偶然。

5月12日，星期天

我还听她说过，她星期天会去集市。我得和她谈谈，所以我去了集市。有两三次，我觉得那就是她。在摩肩接踵的人群中我忽然看到，在很多脑袋之间，有一块颈部的皮肤或是一种发型或是一侧肩膀看起来像是她的，但之后全身的形象逐渐拼凑起来，连那相近的一小块也与其余的部分融为一体，相似之处便消失不见了。有时，从后面看，某个女人有着与她一样的步态，一样的胯，一样的后颈。但当她忽然转过身来时，那相似之处就变成了一种荒谬。唯一不会骗人的（作为孤立的特质）是目光。在任何地方我都没能找到她的眼睛。尽管（我现在才想到）我不知道它们是什么样，什么颜色的。我疲惫地回了家，恍惚，恼火，无聊。虽然有另一个更加准确的说法：我孤独地回了家。

5月13日，星期一

是绿色的。有时是灰色。我看着她，或许目光停留得太久了，于是她问我："我脸上有什么，先生？"真荒唐，她叫我"先生"。"你脸上有点蹭脏了。"我像个懦夫一样回答。她用食指划过脸颊（她的一个相当典型的动作，会把眼睛向下拉，不是很适合她），然后又问："现在呢？""现在完美无瑕。"我回答，比刚才少了一点懦弱。她脸红了，而我补充道："现在不是完美无瑕了：现在您很美。"我想她意识到了。我相信现在她知道有什么事在发生了。还是说她把这句话解读成了一种父亲式的赞美？感觉自己像个父亲让我恶心。

5月15日，星期三

　　我去了第二十五路和使命路交口处的那家咖啡馆。从十二点半到两点。我做了个实验。"我得和她谈谈，"我想，"所以她一定会出现。"我开始在从第二十五路走过来的每个女人身上"看见她"。现在我不太在乎无法从这个或那个人身上认出哪怕是一个令我想起她的细节。我照样能"看见"她。一种有魔力的（或者是愚蠢的，完全取决于从哪个角度看）游戏。只有当那女人来到几步开外时，我才会在脑中实施一个突然的逆转，不再看到她，用不利的现实替代渴望的图景。直到，忽然之间，奇迹发生了。一个姑娘出现在街角，我立即在她身上看到了阿贝雅内达，阿贝雅内达的形象。但当我想要实行已知的逆转时，结果发现事实上那也是阿贝雅内达。真是吓了一跳，我的上帝。我以为心脏被安在了太阳穴上。她就在两步之外，站在我窗前。我说："您好吗？您在这儿干吗呢？"语气很自然，近乎例行公事。她惊讶地看着我，我想是愉快的惊讶，我希望是愉快的惊讶。"啊，桑多梅先生，您吓了我一跳。"我的右手做了一个漠然的手势，伴随着一个未加强调的邀请："来杯咖啡？""不，我不能，真遗憾。我父亲在银行等我，要办个手续。"这是她拒绝的第二杯咖啡了，但这次她说："真遗憾。"如果她没说这句话，我相信我已经把杯子扔在了地上或者已经咬起了下唇或者已经将指甲钉在了指肚上。不，胡说，纯属大惊小怪；我什么也不会做。最多，我会垂头丧气，感到空虚，又着腿，咬牙切齿，因为一直盯着同一个咖啡杯而眼睛疼。但她说了"真遗憾"，而且，在离开之前，她问："您总是在这儿吗，在这个时间？""当然。"我说了谎。"那我们把邀请延期到改天。""好，您别忘了。"我强调说，然后她离开了。五分钟之后服务生走过来，给我端来了另一杯咖啡，然后望着街上说："多美的阳光啊，是吧？感觉自己像个崭新的人。简直想唱歌了。"那一刻我才听到了自己的声音。无意识地，像一台被放上了唱片又被遗忘的老留声机，我在唱着——连自己都没有注意到——《我的旗帜》[①]的第二段。

5月16日，星期四

"你不知道我遇见谁了吧？"电话里，比格纳雷的声音说。我的沉默无疑极具挑逗性，以至于他没等三秒钟就揭开了谜底："我遇到了艾斯卡约拉，你瞧。"我瞧见了。艾斯卡约拉？再次听到这个名字是件怪事，一个古老的姓，现在已经很少见到了。"真的假的，他怎么样？"

---

① 《我的旗帜》，乌拉圭爱国主义歌曲。

"成了头海豚：他现在九十八公斤。"好吧，结果艾斯卡约拉得知比格纳雷之前碰见了我，然后——自然——一次聚餐提上了日程。

艾斯卡约拉。他也是布兰德森街时期的人。但这个人我确实记得。那时他是个又瘦又高、神经质的年轻人：对所有事情都会突然做出语带嘲讽的评论，而且总体来说他的言语令人忍俊不禁。在加利西亚人阿尔瓦雷兹的咖啡馆里，艾斯卡约拉曾经是个明星。显然，我们所有人都准备好了要笑；因为只要艾斯卡约拉随便说些什么（并不需要非常好笑），所有人就已经忍俊不禁了。我记得有时我们会捧腹大笑，笑声震天。我想秘密在于他以极度的严肃扮演着丑角：像巴斯特·基顿[①]那样。能再见到他很好。

5月17日，星期五

最后还是发生了。我在咖啡馆，坐在窗边。这一次我没在等待什么，也没在观察什么。我记得我是在算账，为了平衡这个平静、时值深秋、负债累累的五月的收支，正处于一种徒劳的努力之中。我抬起眼睛，而她在那里。像是一种显圣或一个

[①] 巴斯特·基顿（Buster Keaton，1895—1966），美国喜剧演员、导演、编剧，代表作有《将军号》等。

幽灵或仅仅是像——不知要好多少倍——阿贝雅内达。"我来喝那天的咖啡。"她说。我站了起来，被椅子绊了一下，我的咖啡匙掉在了桌子上，发出的噪声更像是一把汤勺的。服务生们看向了这边。她坐了下来。我捡起咖啡匙，但在坐好之前，我的大衣又被每个椅背上都有的那种该死的凸边挂住了。在对这场渴望中的会面的普通演练中，我从未想到过演出的场景会如此动荡。"我好像吓到您了。"她说，率真地笑了起来。"嗯，是有一点。"我坦白道，而这救了我。我又恢复了自然。我们聊起了办公室，聊起了几个同事，我给她讲了几段过往的趣事。她笑了。她在白衬衫外面穿了件深绿色小外套。她的头发乱了，但只有右边的头发，好像一阵大风只刮到了这一侧。我告诉她。她从包里取出一面小镜子，照了照，为自己看起来有多可笑而乐了一阵。我喜欢她的心情好到可以自嘲。于是我说："您知道您对我生活中最重要的危机之一负有责任吗？"她问："经济上的？"她仍然在笑。我回答："不，情感上的。"她这才严肃了起来。"好家伙。"她说，然后等待我继续说下去。于是我继续说："您看，阿贝雅内达，很可能我现在要对您说的话会让您觉得疯狂。如果是这样的话，您就告诉我。但我不想拐弯抹角：我想我爱上您了。"我等了几秒钟。一言不发。她定定地看着包。我觉得她的脸有点红。我不想去辨别那红晕是光彩照人还是出于羞怯。因此我继续说了下去："在我的年纪和您的年纪，最有逻辑的应该是我闭嘴；但我相信，无论如

73

何，这是我欠您的一次致敬。我什么也不会要求。如果您，现在或者明天或者随便什么时候，对我说够了，我不会再提此事，而我们还是朋友。不要为您在办公室的工作，为您在工作中的平静而感到害怕；我知道如何表现，您不必担心。"我再一次停了下来。她在那儿，不设防，也就是说，被我以自己为敌捍卫着。不管她说什么，不管她采取什么态度，都将意味着"这就是您未来的颜色"。终于我等不下去了，说："所以？"我有点勉强地微笑，用一种正在揭穿开玩笑企图的颤抖声音补充道："您有什么要声明的吗？"她不再看包了。当她抬起眼睛时，我有种预感，最坏的时刻已经过去了。"我已经知道了，"她说，"所以我才来喝咖啡的。"

5月18日，星期六

昨天，当我写到她和我说的话时，没有再继续。我没有接着写下去，是因为我想让一天就这样结束，想让由我写下的这一天，仍然带着希望的心跳。她没有说"够了"。但是，她不仅没有说"够了"，还说了"所以我才来喝咖啡的"。之后她让我给她一天时间，至少几个小时，来想一想。"我已经知道了，但这仍是个意外；我得冷静一下。"明天星期天，我们会在市中心吃午饭。那现在呢？其实，我准备好的演说还包括一段甚至还没能开头的漫长解释。确实，我不太确定这是否是最合适的方式。我也考虑过主动给她建议的可能性，听凭她来支配我这些年的经验。然而，当我停止揣测、看到她在我面前时，就会受制于所有那些笨拙、失控的姿态，至少能隐约预感到能让我从荒谬中成功逃离的唯一出路，就是如实说出当下的灵感逐字逐句告诉我的，仅此而已，忘记那些准备好的演讲和之前的进退维谷。我不后悔自己跟随了直觉。我的宣言很短，而且——尤其是——很简洁，而我相信简洁在她面前可能是一张得体的好牌。她要想一想，这很好。但我对自己说：如果她知道我感受到了现在正感受着的，为什么还没有形成观点？为什么还要为采取哪种态度而摇摆不定？可能有好几种解释：比如，其实她打算说出那可怕的"够了"，但又觉得以如此突如其来的方式对我说出这个词太过残忍。另一种解释：她已经知道（知道，在这种情况下意味着猜到）我之前感受到的，我现在感受到的，但尽管如此，仍然不相信我能做到用语言、用一个具体提议来表达这种感受。而犹豫正源于此。但她却"因此"来喝咖啡。她想说什么？她希望让我提出问题，而她因此而犹豫？当一个人希望别人向自己提出这类问题时，一般来说是为了给出一个肯定的答案。但她也可能盼望我终于提出这个问题，这样就不用再继续紧张而不适地等待，就可以在一了百了的情况下说出不，然后恢复平衡。而且还有男友，前男友。她和他怎么样了？不是事实上（事实上，很明显，表明着关系的终止），而是在她自己身上。会不会是我，最终，由于缺乏冲劲，缺乏她的犹疑所期待的那轻轻一推，令她决定和他重修旧好？而且还有年龄上的差距，我鳏夫的身份，我的三个孩子，等等。还有我得想好，真正想与她保持的是哪一类关系。最后一个问题比看起来要复杂得多。如果这本日记有一个除我之外的读者，我会以连载小说的风格结束这一天："欲知这些迫切问题的答案如何，请听下回分解。"

5月19日，星期天

我在梅塞德斯路和布兰科河路的交口处等她。她只迟到了十分钟。为星期天量体定做的衣服为她增色不少，尽管也有可能是我做好了特别的准备，为了发现她更好，总是更好。今天她确实很紧张。这件衣服是个好兆头（她想留下好印象）；而紧张则不是。我预感在胭脂口红之下，她的脸颊和嘴唇是苍白的。在餐厅她选了一张靠里的桌子，几乎称得上隐蔽。"她不想让别人看到她和我在一起。坏兆头。"我想。她一坐下，就打开包，拿出小镜子照了照。"她在检查仪表。好兆头。"这一次有一刻钟（在我们点冷盘和葡萄酒时，在我们往黑面包上涂黄油时）时间，我们只聊了些一般性的话题。忽然她说："拜托，您不要用那种期望的眼神来为难我。""我没有其他选择。"

我回答，像个白痴。"您想知道我的答案，"她补充道，"而我的答案是另一个问题。""您请问。"我说。"您说您爱上我了，这是什么意思？"我从未想过还存在这样一个问题，但它就在那儿，近在咫尺。"拜托，阿贝雅内达，请别让我显得更荒唐。您想让我像个青少年一样给您解释，爱上一个人是怎样的？""不，完全不是。""那所以呢？"其实，我在扮演艺术家；在内心深处，我清楚地知道她想对我说什么。"好吧，"她说，"您不想显得荒唐，却并不在乎我显得荒唐。您知道我想对您说什么。爱上一个人可以意味着，尤其是在男性的俚语里，很多不同的东西。""您说得有道理。那么请您想想那很多东西中最好的一种。昨天我指的就是这一种，在我跟您说这句话的时候。"这不是关于爱情的对话，真有希望啊。这种口头表达的节奏更像是商人之间——或者老师之间，或者政客之间，或者任何拥有克制与平衡的人之间——的对话。"您瞧，"我继续说，比刚才更有勇气了，"有叫作现实的东西，也有叫作表象的东西。""啊哈。"她说，并没有嘲笑的意思。"我在那个叫作现实的层面上爱您，但当我想到那个叫作表象的层面，问题就出现了。""什么问题？"她问，这一次我相信她是真的感到好奇。"请别让我说我可以当您的父亲，或者您和我的某个孩子年纪相仿。请别让我说出来，因为这是所有问题的关键，而且，因为那样的话我会觉得自己有点不幸。"她没有回答。我说得不错。这是最不冒险的。"现在您明白了吗？"我问，并没有期待答案。"我的奢望，除了容易解释的感到快乐或者最接近于此的感觉，是努力令您也感到快乐。而这才是困难的部分。您有让我的快乐发生的所有条件，但我所拥有的令您快乐的条件却非常少。您不要以为我在装腔作势。在别的情况下（我想说的，其实，是在另一个年纪），最正确的方式是我向您提出一段严肃的男女朋友关系，非常严肃，也许过于严肃了，清晰的婚姻远景触手可及。但如果我现在向您提出类似的要求，我认为那将非常自私，因为那将是只考虑我自己，而我现在更想做的不是考虑自己，而是考虑您。我不能忘记——您也不能——十年之后我就六十岁了。'几乎不像个老人'，一个乐观主义者或一个马屁精可能会这么说，但副词无关紧要。我想保全我的诚实，告诉您无论是现在还是几个月之内，我都无法鼓起勇气与您谈论婚姻。但是——永远有一个但是——那么我们要谈论什么呢？我知道，无论您有多么理解，这都很难，但是，请您听听另一个提议。在另一个提议中有爱情的容身之地，但却没有婚姻的。"她抬起了眼睛，但并没有质疑。可能她只是想看看我说这句话时的表情。但是，事已至此，我已经决定不就此打住。"对于另一个提议，普通人的想象力——通常在命名方面非常贫瘠——称其为'尝鲜'或'偷情'，您有点害怕的话也很正常。说实话，我也感到害怕，仅仅因为我害怕您认为我在向您提议尝个鲜。如果我对您说，我不懈寻找的是意见的一致，是在我的爱与您的自由之间的一种协定，也许我不会从我真诚的中心偏离一毫米。我知道，我知道。您在想现实正好相反；我在寻找的恰恰是您的爱和我的自由。您有全部的权利这样想，但请承认我也有全部的权利孤注一掷。而这唯一的赌注就是您可能给我的信任。"这时我们正在等甜点。服务生终于端来了蛋黄布丁，我趁机向他要了账单。刚吃完最后一口甜点，阿贝雅内达就用力用餐巾擦了擦嘴，然后微笑着看着我。那微笑在她的嘴角形成了一种光芒。"我喜欢您。"她说。

5月20日，星期一

制订的计划是绝对的自由。认识彼此，然后看看会发生什么，让时间流逝，然后去检验。没有束缚。没有承诺。她太好了。

5月21日，星期二

"保健品对你有好处，"中午布兰卡对我说，"你现在比以前精神，也比以前开心。"

5月24日，星期五

这是一种游戏，现在，在办公室里。头儿和助理的游戏。口号是不偏离节奏，不偏离正常的交往，不偏离例行公事。早上九点我布置工作：给穆纽兹，给罗布雷多，给阿贝雅内达，给桑蒂尼。阿贝雅内达是名单上的一个，仅仅是所有在我办公桌对面伸出手、等着接过表格的所有人中的一个。那里有穆纽兹的手，修长，粗糙，留着爪子一样的指甲；有罗布雷多的手，短小，几乎是方的；有桑蒂尼的手，手指很细，戴着两枚戒指；旁边是她的手，有着和桑蒂尼相似的手指，只是不是女里女气，而是有女人味。我已经告诉过她，每次她和其他人一起走过来然后伸出手时，我都会（在脑海中，当然）在她细长、敏感的指关节上留下一个吻。她说这在我石像般的脸上无迹可寻。有时她会引诱我，想将无法控制的笑意传染给我，但是我坚定不移。太坚定了，以至于今天下午穆纽兹朝我走来，问我是不是出什么事了，因为从几天前开始他就注意到我有些忧心忡忡。"是不是因为快要做账目结算了？别担心，头儿。账簿我们很快就能弄好。前些年我们比今年的进度慢得多。"我在乎的怎么会是账目结算。我差点对着他的脸笑出来。但是得掩饰。"您说，穆纽兹，我们来得及吗？想想之后申报高收入所得税的期限就要到了，那些烦人的家伙会拒绝三四次

80

公证声明，当然了，我们会开始被工作压垮。得加把劲，穆纽兹，您知道这是我最后一次账目结算，我想让它无懈可击。告诉孩子们，知道了吗？"

5月26日，星期天

今天我和比格纳雷、艾斯卡约拉吃了晚饭。现在我仍然感到震惊。当我面对近三十年未曾谋面、音讯全无的艾斯卡约拉时，我从未像今天一样觉得时间的流逝是如此严酷。那个高个儿、紧张、爱开玩笑的青年，已经变成了一个大腹便便的怪物，有令人过目难忘的后颈，肉乎乎、软绵绵的嘴唇，秃顶上的斑点像四溅的咖啡滴，还有眼睛下面挂着的可怕眼袋，只要他一笑就会颤动。因为现在艾斯卡约拉会笑。住在布兰德森街时，他那些笑话的效力，恰恰在于他讲的时候非常严肃。我们所有人都要笑死了，可他依旧无动于衷。今天晚饭时他讲了几个笑话，说了段我从学生时代就知道的黄色故事，叙述了某件可能辛辣俏皮的轶事——来自他作为股市经纪人的活动。他的最高成就是我适度的微笑，以及比格纳雷（真是个忠于朋友的家伙）发出的一阵假得像清嗓子的笑声。我忍不住问他："除了比以前胖了几公斤，现在你身上最奇怪的地方是你笑得很大声。以前你甩出最厉害的笑话时用的是一张守灵人的脸，真是绝妙。"艾斯卡约拉的眼中闪过一丝怒火，抑或是无力，他立即开始向我解释："你知道是怎么回事吗？我以前讲笑话时总是很严肃，你说得对，你记得可真清楚！但有一天我发现自己已经快江郎才尽。我不喜欢重复别人的故事。你知道我以前是个创作者。我讲的笑话，之前没有一个人听过。是我发明了它们，有时我还会发明真正的系列笑话，有个像连环画里一样的主人公，然后我每两三个星期就会给他编个新段子。然而，当我意识到自己已经找不到话题时（我也不知道我怎么了，也许我脑袋空了），却不想及时退休——就像那些出色的体育运动员一样，而是开始重复别人的笑话。起初我还会对它们加以选择，但集锦也很快被我用光了，于是我开始把随便什么东西都加到自己的目录里。而人们，那些小伙子们（我一直有自己的听众）开始不再笑了，开始觉得我讲的任何东西都不好笑。他们是对的，但我还是没有引退，我又发明了另一个方法：我自己笑，一边讲一边笑，以期引起听众的注意，说服他们这个故事真的非常聪明。起初他们还会陪我笑，但很快就明白自己被骗了，明白了我的笑声并非可信的喜剧性的预兆。他们仍然是对的，但我已经不能不笑了。而这就是我的状况，你已经看到了，我变成了一个讨厌的家伙。你想听个建议吗？如果你想保存我的友谊，那就给我讲点悲剧性的事吧。"

5月28日，星期二

她几乎每天都来和我喝咖啡。聊天时通常的语气总是朋友间的那一种。最多，是友谊和一些别的什么。但我正在这"别的什么"上取得进展。比如，有时我们会谈起我们的事。我们的事是现在将我们连在一起的那段未经定义的关系。但我们总是从置身事外的角度提起它。我来解释一下：我们会说，比如，"办公室里还没人注意到我们的事"，或者这件事或那件事是在我们的事之前发生的。但是，究竟什么是我们的事？现在看来，至少，是一种在他人面前的同谋，一个共享的秘密，一个单方面协议。自然，这不是一种尝鲜，也不是一次偷情，也不是——万万不是——一段恋爱关系。然而，这是比一段友谊更多的什么。最糟的（或者说最好的？）是她在这种未经定义中感到很舒适。她和我说话时充满信任，充满幽默感，我相信甚至充满柔情。她对周遭的事物有种非常个人又相当讽刺的看法。她不喜欢听关于办公室的闲话，但对每一个人的评价都恰如其分。有时候，在咖啡馆里，她会环顾四周，然后留下一个精准、确切、绝佳的评论。比如说今天，有张桌边坐着四五个女人，所有人的年纪都在三十到三十五岁上下。她仔细地看了她们一会儿，然后问我："她们是公证员，对吧？"正是，她们是公证员。我认识她们中的几个人，至少是从好多年前开始就打过照面。"您认识她们？"我问她。"不认识，我从来没见过她们。""所以呢？您怎么猜到的？""我不知道；我总是能认出哪些女人是公证员。她们有些举动和习惯非常特别，在其他行业的人身上看不到。她们要么涂唇膏的时候硬邦邦地只画一笔，就像在黑板上写字一样，要么因为念了太多公证书而总是在清嗓子，要么因为总是背着文件夹而不知道该怎么背包。她们说话的时候会忽然停顿，好像不想说出任何违反条例的话，而且您永远看不到她们照镜子。您注意那个人，左边数第二个，她有田径亚军的小腿。还有她旁边那个，她有张连煎鸡蛋都不会做的脸。我受不了她们，您呢？"不，我不会（不仅不会，我还记得有个女公证员是这个宇宙及其周边最吸引人的胸的主人），但当她热情地赞同或反对什么时，听她说话让我觉得很开心。可怜的女公证员们，男性化，精力充沛，肌肉发达，继续争论着什么，对这破坏性的批判，对中间那张桌子正对她们的外表、姿态、态度、谈话添加的新指责一无所知。

5月30日，星期四

埃斯特班的朋友真有两下子。他要收我退休奖金的百分之五十。但他向我保证，我不会比实际需要的多工作一天。这诱惑很大。好吧，曾经很大。但我已经中了圈套。他给我把价格降到了百分之四十，并建议我在他后悔之前接受，因为他不会给任何人打折，他收的从来不会少于百分之五十，我可以去问问，"因为我这行有很多人趁人之危，毫无廉耻心"，他给我特价是因为我是埃斯特班的父亲。"我像爱自己的兄弟一样爱那个瘦子。有四年我们每天晚上都一起打台球。这能联络感情，先生。"我想起了阿尼巴尔，想起了在 5 号那个星期天我们的对话，我对他说："现在想要得到正当事物的人也要行贿。这意味着完全的堕落。"

5月31日，星期五

5 月 31 日是伊莎贝尔的生日。多遥远的事啊。有一次，在她生日那天，我给她买了一个娃娃。那是个德国娃娃，眼睛会动，会走路。我把它放在一个长方形硬纸盒里带回家。我将它放在床上，让她猜那是什么。"一个娃娃。"她说。我永远不会原谅她。

没有一个孩子记起这件事：至少，没人跟我提起。他们逐渐远离了对母亲的祭奠。我觉得布兰卡是唯一一个真正想念她的人，唯一一个能自然地提起她的人。这是不是我的错？起初，我不经常说起她，只是因为那对我来说很痛苦。现在我也不经常谈起她，因为我怕犯错，怕自己说起的是另一个和我妻子完全无关的人。阿贝雅内达也会这样忘记我吗？神秘之处就在这里：在开始遗忘之前，首先要记起，遗忘只能始于记起。

6月2日，星期天

时光流逝。有时我想，比起最大限度地利用好余下的年月，我更应该带着紧迫感生活。如今，在细数过我的皱纹之后，每个人都可能对我说："可您还是个年轻人呢。"还是。我还剩下多少年的"还是"？一想到这里，紧迫感便会趁虚而入，我有种生活正在溜走的沮丧感觉，仿佛我的血管破裂了，而我却无法为自己止血。因为生活是很多事物（工作，金钱，运气，友谊，健康，困难），但没有人能否定，当我们想到"生活"这一词语时，当我们说出——比如——"让我们紧紧抓住生活"时，我们正在将其等同为另一个更确切、更具吸引力、也许更为重要的词：我们在将其等同为"愉悦"。我想到愉悦（任何一种形式的愉悦），而我肯定这就是生活。紧迫感便由此而来，属于五十岁的悲剧性紧迫感，踩着我的脚后跟。我仍然拥有——希望如此——多年的友谊，过得去的健康状况，惯常的渴望，对运气的希望，但是，我还剩下多少年的愉悦呢？二十岁的时候我是个年轻人，三十岁的时候我是个年轻人，四十岁的时候我是个年轻人。现在我五十岁了，而我"还是个年轻人"。"还是"的意思是：要结束了。

而这就是我们的协议荒谬的一面：我们说了要有耐心，让时间流逝，然后重新检验情况。但时光飞逝，无论我们是否允许，它都会流逝，会让她变得一天比一天更诱人、更成熟、更明艳、更有女人味；而与之相反，时间每一天都会威胁着我，令我变得更体弱多病、更衰老，不再勇敢、不再充满活力。我们得抓紧时间向着相遇而去，因为就我们的情况而言，未来将是无可避免的分道扬镳。她所有的"更多"都对应着我的"更少"。她所有的"更少"都对应着我的"更多"。我明白对一个年轻女人来说这是一种吸引力，知道对方是一个经历了生活的人，很久以前便用无知换来了经验，考虑问题理智周全。这可能是一种吸引力，但这太短暂了。因为当经验来自于活力手中时，确实很好；之后，当活力消失，人就会变成一件体面的博物馆收藏品，唯一的价值便是成为关于过去自己的一段回忆。经验和精力同时存在的时间非常短暂。我现在正处于这段短暂的时间中。但这并不是什么令人嫉妒的运气。

6月4日，星期二

好极了。巴尔贝尔德和苏亚雷斯打了起来。整个办公室乱了套。马丁内斯的脸是一首赞歌。对他来说，这一破裂明确地意味着副经理这一职位。苏亚雷斯上午没有来。他下午出现时，顶着前额的一块瘀青和一张守灵人的脸。经理叫他过去，朝他大喊大叫了一通。这意味着一切并非简单的传言，而是如假包换的官方授权版本。

6月7日，星期五

目前为止我们去看了两场电影，但之后她都是自己回的家。今天，与之前不同，是我送她回去的。她今天非常热情，非常像一位伴侣。电影中途，当阿丽达·华莉[①]为法利·格兰杰[②]的愚蠢而痛苦万分时，我忽然感到她的手放在了我的胳膊上。我相信那是一个下意识的动作，但之后她并没有把手移开。在我心里有一个不愿强求事情发生的先生，但也有另一个先生，着了魔般想要更进一步。

我们在十月八日大街下车，一起走了三夸德拉的路。天色已晚，但有着夜晚那种明亮的黑暗。国家电力公司这个老高乔送给了我一次停电。当时她正和我分开走着，离我大概一米。但当我快走到一个街角（一个有商店，还有张点着蜡烛的牌桌

---

① 阿丽达·华莉（Alida Valli，1921—2006），意大利电影演员。

② 法利·格兰杰（Farley Grange，1925—2011），美国电影演员，代表作有《夺魂锁》等。

的街角）时，有个人影与一棵树的影子缓缓分开了。在我注意到她正将手臂伸向我之前，那一米的距离就消失了。影子的主人是个醉汉，一个既没有攻击性也没有防卫能力的、正在喃喃自语的醉汉："灵魂贫瘠者和民族党①万岁！"我感觉她在压抑着一阵笑意，手指上的紧张感松弛了下来。她家在一条有名有姓的街道的 368 号，类似拉蒙·P. 古铁雷兹或者爱德华多·Z. 多明戈斯这样的名字，我不记得了。那是一栋有玄关和阳台的房子。门锁着，但她告诉我还有一道铁栅门，门上有某种想成为彩绘玻璃的东西。"据说房主想模仿巴黎圣母院的彩绘玻璃，但我向您保证，有个圣塞巴斯蒂安看起来就像加德尔。"

　　她没有立即开门，而是轻轻地靠在了门上。我想铜质的门把手可能正磨着她的脊柱。但她没有抱怨。这时她说："您非常好。我想说的是，您表现得非常好。"而我——我了解自己——像个圣人一样撒了谎："我当然非常好。但我不确定自己是不是表现得很好。""您别自大，"她说，"小时候没人教过您，一个人表现好的时候没必要承认吗？"时机正好，而她也预料到了："小时候大人告诉过我，只要表现好，就能收到一份礼物。难道我不值得吗？"有一刻的沉默。我看不到她的脸，因为一棵该死的行道树的松枝遮住了月光。"是的，您值得。"我听见她说。然后她的双臂在黑暗中浮现出来，扶住了我的肩膀。她应该是在哪部阿根廷电影中看到过这个准备动作。但随

① 通称"白党"，为乌拉圭右翼政党。

89

之而来的吻，她没有在任何电影中看到过，我敢肯定。我喜欢她的嘴唇，我想说的是她嘴唇的味道，它下陷的方式，它如何微微张开，又如何逃离。自然，这不是她第一次接吻。那又怎么样？无论如何，再次带着信任与柔情亲吻嘴唇是一种慰藉。不知道怎样，不知道我们做出了什么奇怪的移动，但事实是，我忽然感到铜质门把手抵住了我的脊柱。我在368号的门前逗留了半小时。多大的进展啊，上帝。无论是她还是我都没有说出来，但在今天之后有一件事已经明确了。明天我会想想。现在我很累。也可以说：很快乐。但我又过于警惕，以至于无法全身心地感到快乐。这警觉是面向我自己的，面向运气，面向那叫作明天的唯一触手可及的未来。警惕，也就是说：不信任。

6月9日，星期天

也许我有中庸的癖好。每当问题出现在面前时，我从来不会被极端的解决方式吸引。可能这就是我挫败感的根源所在。有件事很明显：对，一方面，极端的态度会激起热情，吸引他人，是魄力的标志；另一方面，平衡的态度一般来说是令人不适的，有时还令人不快，而且几乎从来没有英雄主义的感觉。总的来说，保持平衡需要相当的勇气（一种非常特殊的勇气），然而却避免不了他人将其视为一种懦弱的体现。而且，平衡很无聊。而无聊，在今时今日处于一种极大的劣势，一般来说不会被人们原谅。

这一切从何而来？啊，对。我现在寻找的中庸之道与阿贝雅内达有关（在我现在的生活中又有什么与她无关呢？）。我不想伤害她，也不想损害我自己（第一个中庸之道）；我不希望我们的关系带来类似婚姻的那种恋爱所特有的荒谬局面，也不希望它带有粗野的偷情色彩（第二个中庸之道）；我不希望未来宣判我成为一个被青春正盛的女人厌恶的老头儿，也不希望自己——由于害怕这种未来——放弃一个如此吸引人又无可取代的现在（第三个中庸之道）；我不想让我们从一间钟点房到另一间钟点房，也不希望我们组建一个大写的家（第四个也是最后一个中庸之道）。

解决方案？第一条：租一间小公寓。当然，不抛弃我的家。好吧，第一条，然后就没有了。没有另一个解决方案。

6 月 10 日，星期一

寒风凛冽。真是灾难。想想十五岁的时候，那时我喜欢冬天。现在我一开始打喷嚏，就再也数不清究竟打了多少个。有时我有种感觉，觉得自己有的不是鼻子，而是一个熟西红柿，有着开始腐烂前十秒钟的西红柿才有的成熟度。打到第三十五个喷嚏时，我无可避免地感到自己与其余的人类相比正处于劣势。我羡慕圣人的鼻子，他们的鼻子挺拔又自由，比如说，埃尔·格列柯[①]的圣人。我羡慕圣人的鼻子，因为他们（很明显）从来不会感冒，从来不会因为一连串喷嚏而大量死亡。从来不会。如果他们打过一串二十或三十个连续爆发的喷嚏，也将无可避免地虔诚投入到口头或精神上的辱骂之中。而谁开始辱骂——即使是他邪恶思想中最简化的版本——就会关上自己通往天国的大门。

6月11日，星期二

我什么也没和她说，但已经着手找公寓了。我脑中已经有了一间理想的。不幸的是，理想的那些不会减价，总是很贵。

6月14日，星期五

应该已经有一个月了，我和哈伊梅或埃斯特班之间没有

[①] 埃尔·格列柯（El Greco, 1541—1614），西班牙文艺复兴时期著名画家、雕塑家。出生于位于今希腊境内的威尼斯共和国克里特岛，中年移居西班牙托莱多，一生创作了大量宗教画和肖像画。

进行过超过五分钟的对话。他们进门时发着牢骚，把自己关在各自的房间里，一边沉默地吃饭一边看报纸，走的时候抱怨着什么，再回来就是凌晨了。与此相反，布兰卡最近亲切、健谈、开心。我很少见到迭戈，却能在布兰卡的脸上辨认出他的存在。我没看错：他是个好小伙。我知道埃斯特班有另一份零工。是俱乐部里的人给他找到的。然而，我有种感觉，觉得他已经开始后悔让自己任人摆布。总有一天他会爆发，我知道，然后让一切都去见鬼。我希望这一天快点到来。我不喜欢看到他和一家明显与自己旧日信仰背道而驰的公司搅在一起。我不喜欢他变得犬儒，像那些虚伪的犬儒主义者一样，一旦被指责，就为自己开脱："这是进步的唯一方式，获得成功的唯一方式。"哈伊梅确实在工作，而且做得很好；公司的人也喜欢他。但他的问题另当别论。最糟的是我不知道他的问题是什么。他总是紧张，不满。表面上看来，他很有个性，但有时我不太确定那究竟是个性还是任性。我不喜欢他那些朋友。他们有纨绔子弟的习气，住在波西多斯①，也许在内心深处根本瞧不起他。他们利用他，因为哈伊梅很能干，手很巧，而且总是在做他们委托的活儿。免费的，就像他应该做的那样。他们没有一个人工作，都是爸爸的宝贝儿子。有时我听到他们抗议说："喂，你的工作真是个灾难。从来也指望不上你。"他们说

---

① 蒙得维的亚街区名，位于拉普拉塔河岸，居民多为富裕阶层。

起"工作"时，仿佛在完成一个壮举，就像一个救世军走近一个醉酒的乞丐，忍受着恶心和怜悯，用鞋尖碰了碰他；他们说起"工作"时，仿佛说完这个词必须得消毒一样。

6月15日，星期六

我找到公寓了。和理想中的那间很像，而且便宜得难以置信。不管怎样，我得缩紧预算，希望能负担得起。公寓离第十八街和安第斯街交口处有五夸德拉的距离。而且它有个优势，花四个雷阿尔①就能添置家具。这只是个说法。除了花光按揭账户里的2465.79比索之外，我别无他法。

今晚我会和她出去。我什么也不打算告诉她。

6月16日，星期天

然而我还是告诉了她。我们正走在从十月八日大街到她家的那三夸德拉路上，这次没有停电。我相信自己结结巴巴地援引了我们绝对自由的计划，关于认识彼此然后看看会发生什

———————————

① 西班牙古货币单位。

么，关于让时间流逝然后再去检验。我敢肯定我口吃了。她到第二十五路和使命路交口处的咖啡馆来喝咖啡，已经是一个月前的事了。"我有个提议。"我说。我从上个星期五7号开始，我已经以"你"称呼她，但她还没有这样做。我以为她会回答："我已经知道了。"如果真是这样的话我会长出一口气。但是没有。她让我背负着提议的所有重量。这一次她没有猜到，或者是不想猜。我从来都不是铺垫方面的专家，因此只说了那两句不可或缺的话："我租了间公寓。给我们。"很遗憾没有停电，因为如果停了电，我就不会看到她的眼神。那眼神悲伤而意外。我怎么知道。我从来都不太确定女人们看着我的时候想说什么。有时我觉得她们在审问我，然后过了一段时间，才明白其实她们是在回答我。在我们之间，有一刻一个词语像朵云一样停了下来，像一朵开始移动的云。我们俩都在想"婚姻"这个词，两人都明白那朵云飘远了，明天天空会放晴。"问都没问我？"她问道。我点点头，回答是的。事实上，我如鲠在喉。"很好，"她说，试图微笑，"就应该这样对待我，用这种事已如此的方法。"我们站在玄关处。门开着，因为今天的时间比那天要早很多。到处都有灯光。没有神秘的容身之处。只有另一种叫作寂静的东西。我开始明白，我的提议并未大获全胜。但人到了五十岁，已经不能再幻想大获全胜了。那如果她拒绝呢？为了这尚未到来的否定我在付出代价，而那代价就是这尴尬的情况，这令人不快的、几乎是艰难的时刻，看着她在我面前沉默，在她深色的外套里微微驼着背，带着仿佛在与许多事物说再见的表情。她没有吻我。我也没有主动。她的面孔紧绷，生硬。忽然，好像所有的弹簧都毫无征兆地松动了，她仿佛放弃了一张无法承受的面具，就这样望着上方，后颈靠在门上，哭了起来。那并不是著名的喜极而泣，而是当一个人感受到黯然的不幸时突如其来的哭声。当人们感到恢宏的不幸时，那确实值得哭泣，伴随着颤抖和痉挛，特别是在有观众的时候。但是，如果除了不幸，一个人还感到黯然，当反抗、牺牲或英雄主义都无处安放，那么就应当默不出声地哭，因为没人能帮忙，因为一个人能意识到这会过去，最终自己会找回平衡，重返正轨。她的哭泣便是如此。在这方面没人骗得了我。"我能帮你吗？"我说，全心全意地，"我能做些什么来挽回吗？"直奔主题的问题。我又提了一个问题，来自我众多疑问的最深处："怎么了？你希望我们结婚吗？"但那朵云已经飘远了。"不，"她说，"我哭是因为所有这一切都是一种遗憾。"而她说得那么正确。一切都是一种遗憾：没有停电，我五十岁，她是个好姑娘，我的三个孩子，她的前男友，公寓……我掏出手帕，给她擦干眼泪。"都过去了吗？"我问。"对，都过去了。"一个谎言，但我们都明白此时说谎是正确的选择。她看着我，仍在平复心情，又补充道："你不要觉得我总是这么傻。"你不要觉得，她说；我敢肯定她说了你不要觉得。那么，她用"你"来称呼我了。

6月20日，星期四

四天来我什么都没写。在租公寓的手续、收定金、取那2465.79比索、购买几件家具之间，我过得颇为动荡。明天他们会把公寓交给我。星期六下午来给我送货。

6月21日，星期五

他们开除了苏亚雷斯，难以置信，但真的开除了他。职工们愉快地促进了是巴尔贝尔德施压要解决他这一流言的传播。令人惊讶的是，辞退他的理由不能再微不足道了。签发部发错了两个邮包。苏亚雷斯连这些邮件的存在都不知道，很可能是哪个心不在焉、负责打包的新手寄出去的。在并不太遥远的过去，苏亚雷斯做出多少这样的破事，都没人会对他说一个字。显而易见，从三四天前开始，经理就收到了将这个失宠的情人从窗口扔出去的命令；但是，嗅到大祸临头的苏亚雷斯表现得像个模范儿童。他准时到岗，甚至还有几天加了几小时班；态度亲切，谦虚，安分守己。然而，这都无济于事。如果签发部没有犯下这个错误，我肯定他们一样会辞退他，用他抽了太多烟或是没擦皮鞋之类的借口。另一方面，有机灵鬼认为，那些写错了收件人的包裹，是在经理办公室专门且秘密的命令下寄出的。我一点都不会感到惊讶。

苏亚雷斯收到通知时的样子让人不忍心看。他去了出纳处，领了补偿金，回到自己的办公桌前开始清空抽屉，一言不发，没有一个人走过去问他怎么了，或者给他提个建议，或者主动提出帮助。仅仅半个小时，他就变成了一个不受欢迎的人。我已经好几年没跟他说过话了（从我意识到他从会计部窃取机密信息，又把它们泄露给一个董事会成员并以此加害他人时），但我发誓今天我又产生了走过去的念头，想去对他说两句同情、安慰的话。我没有这么做，因为那家伙是个垃圾，因为他不配，但在这彻底、突然的转变（从董事会主席到最不起眼的无名小卒都参与其中）面前，我无可避免地感到有些恶心——这转变纯粹、仅仅建立在苏亚雷斯和巴尔贝尔德女儿关系的破裂上。这看起来很不寻常，但这家商业公司的气氛，在很大程度上取决于一次私人的性高潮。

6月22日，星期六

我没去办公室。趁着昨天欢天喜地的混乱，我在经理那里获得了今天上午请假理所当然的许可。准假时他面带微笑，甚至还留下了一条振奋人心、笑容可掬的评论，说缺了办公室的关键人物他真不知如何是好。他是想把巴尔贝尔德的女儿安排给我吗？呸。

我收到了公寓的家具，像个黑人一样工作。成果不错。没有任何令人生气的现代家具。我不喜欢那些功能主义的椅子，椅子腿不稳定到了荒谬的程度——只消带着怨气看上一眼，它们就会瓦解。我不喜欢那感觉上永远是为另一位所有者量身定做的椅背。我也不喜欢那些灯，它们总是照亮人们不想看见也不想展示的东西，比如：蜘蛛网，蟑螂，保险丝。

我想这是我第一次依据自己的喜好来布置一个空间。我结婚时，我的家人出钱为我们装修卧室，而伊莎贝尔的家人则贡献了饭厅。双方几乎拳脚相向，但这不重要。后来，我岳母到家里来，发表见解："你们的客厅还缺一幅小画。"她说一不二。第二天一早一幅静物画出现了，上面有大香肠、硬乳酪、一个甜瓜、家常面包、几瓶啤酒，总之是件能让我倒半年胃口的东西。有些时候，一般是在哪个纪念日的场合，某个叔父会给我们寄来几只用来挂在墙上的海鸥，或者两尊绘有娘娘腔小侍童的近乎恶心的彩陶罐。伊莎贝尔死后，随着时间的推移，我的漫不经心和家政服务人员令静物画、海鸥和小侍童逐渐消失，而哈伊梅又慢慢让家里充满了那些需要阶段性解释的丑陋滑稽之物。有时候我看着他们，他和他那些朋友，对着一个有把手的水罐、一些剪报、一扇门和睾丸入了迷，然后我听到他们说："这复制品可真棒！"我不理解也不想理解，因为事实是他的赞美有一张虚伪的脸！有一天我问他们："那你们为什么不带一张高更、莫奈或者雷诺阿的画来？难道他们很糟糕吗？"于是达尼埃利多·戈麦斯·费兰多，一个每天凌晨五点睡觉、因为"夜晚的时间最真实"的小毛孩，一个在餐厅看到有人用牙签剔牙就再也不肯光顾的挑剔鬼，这家伙，恰恰是这家伙，回答我说："但是先生，我们正在研究抽象艺术。"而他，那没有眉毛的小脸和那永恒的怀孕母猫似的表情，反而一点都不抽象。

6月23日，星期天

我打开门，然后侧身让她进来。她迈着碎步走进来，用高度集中的注意力打量着一切，仿佛想要慢慢地吸收那光线，那温度，那气味。她一只手抚过书桌，一会儿又抚过沙发的软垫。连卧室的方向都没有看一眼。她坐了下来，想要微笑，但没能笑出来。我觉得她的双腿在颤抖。她看了看墙上挂的复制品："波提切利①。"她说，说错了。那是菲利普·利皮②。会

① 波提切利（Sandro Botticelli，1446—1510），意大利文艺复兴时期画家，代表作有《维纳斯的诞生》等。
② 菲利普·利皮（Fillippo Lippi，1406—1469），意大利文艺复兴时期画家，代表作有普拉托大教堂中的壁画等。

有时间澄清这一点的。她开始提问题，关于质量，关于价格，关于家具。"我喜欢。"她说了三四次。

下午七点钟；几乎铺展开来的阳光，将墙壁上奶油色的墙纸染成了橘色。我在她身边坐下，她变得僵硬起来。她连包还没有放下。我跟她说了。"你还记得你不是客人，而是这个家的主人吗？"于是，她做出了努力，把头发稍微松开，脱下外套，紧张地伸了伸腿。"怎么了？"我问，"你害怕吗？""我的脸看起来害怕吗？"她用问句回答。"老实说是的。""可能是。但不是因为你也不是因为我。""我知道，你只是害怕这一刻。"我觉得她平静了下来。有一点是肯定的。她没有装模作样。她的苍白意味着这惊吓是真诚的。她的态度和那些同意去钟点房的收银员不一样——她们在出租车停下的那一刻，会暂时变得歇斯底里，然后高声叫着妈妈。不，在她身上没有任何戏剧性的成分。她很惶惑，而我不想——或许我也不适合——去过度调查这种惶惑的原因。"我只是得习惯这个想法。"她说，也许是为了与我和解。她注意到了我有些气馁。"一个人想象中的这些事情的样子，总会和真实发生的不一样。但有一点我得承认，而且得感谢你。你准备的这些，跟我之前想象的一切没有太多不同。""从什么时候开始？""从我中学时爱上数学老师开始。"桌子已经铺好了，上面摆着没有花纹的黄色盘子，是百货店的雇员为我挑选的（不完全如此，我也喜欢）。我端上冷盘，带着全部尊严扮演了主人翁的角色。她什么都喜欢，但紧张令她什么都无法享受。到了开香槟的时候，她才不再苍白。"你能待到什么时候？"我问。"到很晚。""那你母亲呢？""我母亲知道我们的事。"

这显然是犯规。这样不对。我感觉自己赤身裸体，像是梦中那种绝望的赤裸，仿佛穿着内裤在萨兰迪大道散步，而每条人行道上的人们都在朝你行注目礼。"这是为什么？"我斗胆问道。"我母亲知道我所有的事。""那你父亲呢？""我父亲生活在这个世界之外。他是裁缝。可怕。你可千万不要去找他做衣服。他所有的衣服都是照着同一个人体模型的尺寸做的。但他还是神智学者①，以及无政府主义者。他什么都不过问。每周一他都和他的神智学者朋友们聚会，然后评注布拉瓦茨基②直到凌晨；每周四他的无政府主义者朋友会来家里，然后他们高声讨论巴枯宁③和克鲁泡特金④。除此之外他是个温柔、平和的男人，有时会用一种甜蜜的耐心望着我，对我说一些非常有用的话，我从来没听过的比那更有用的话。"我很喜欢听她谈

---

① 一种宗教哲学和神秘主义学说，认为史上所有宗教都是由失传已久的"神秘信条"演化而来的。

② 海伦娜·布拉瓦茨基（Helena Petrovna Blavatsky，1831—1891），生于俄罗斯帝国叶卡捷琳诺斯拉夫（今乌克兰境内），神智学和神智学协会创始人。

③ 米哈伊尔·亚历山德罗维奇·巴枯宁（Mikhail Alexandrovich Bakunin，1814—1876），俄国思想家、革命家、著名无政府主义者。

④ 彼得·阿列克谢耶维奇·克鲁泡特金（Pyotr Alexeyevich Kropotkin，1842—1921），俄国哲学家、地理学家，无政府主义重要代表人物之一，无政府共产主义创始人。

起她的家人，但今天特别喜欢。我觉得对我们刚刚开始的亲密关系来说，这是一个好兆头。"那你母亲呢，她怎么说我？"我的心理障碍来自伊莎贝尔的母亲。"说你？什么都没说。她只说关于我的事。"她喝完杯中剩下的香槟，然后用纸巾擦了擦嘴。她的口红已经一点都不剩了。"她说我是个夸张的姑娘，说我不够沉着冷静。""她是指我们的事还是所有的事？""所有的事。她的理论，让她能够坚持下去的人生的伟大理论，在于幸福，真正的幸福，远不是人们通常会梦想的天使般的状态，甚至远没有那么令人愉快。她说人们一般来说会觉得自己不幸，仅仅是由于他们相信幸福是一种固定不变的感觉——无法定义的安逸，令人享受的陶醉，恒久不变的盛会。不，她说，幸福比这少得多（或许多得多，但无论如何都是另一种东西），而在那些可能的不幸者中，很多人事实上肯定是幸福的，但他们意识不到、不愿承认，因为他们相信自己离那极致的安逸还非常遥远。这很像发生在从蓝洞①失望而归的人身上的事情。他们想象的是一个仙女故事中的洞穴，不太清楚它的样子，但肯定是像仙女故事一样，而当他们真的到了那里，发现所有的奇迹就在于人把手伸入水中时，看到的手是微蓝、微亮的。"确实如此，讲述母亲的反思使她愉快。我觉得她说起这些，就像这是对她来说无法企及的信仰，但也像一个她热切地想要拥

---

① 位于意大利南部卡普里岛的一处海蚀洞穴，为旅游胜地。

有的信仰。"那你呢，你有什么感觉？"我问，"就像是你看到的双手是微蓝、微亮的？"我的打断将她带回了陆地上，带回了今天这个特殊的时刻。她说："我还没有把手伸到水中。"但立刻就红了脸。因为，当然，这句话可以被理解为一种邀请，甚至是一种她不愿提起的紧急情况。我没有做错什么，但我突如其来的劣势在那时出现了。她站了起来，靠在墙上，用一种想要显得可爱、但显而易见代表着拒绝的小腔调问我："我可以向你提第一个请求吗？""你可以。"我回答，已经开始担忧。"你能让我走吗，像现在这样，不再做别的？今天，只是今天。我向你保证明天一切都会好的。"我自觉失望，愚蠢，通情达理。"我当然让你走。什么也不缺。"可是缺了。怎么会不缺呢？

6月24日，星期一

埃斯特班病了。医生说可能会很严重。希望不会。胸膜炎或是肺的问题。还不知道。医生们什么时候才能知道？午饭后，我走进他的房间，想看看他怎么样。他在看书，开着收音机。看见我进来时，他在正在读的那一页上方折了个角，然后合上书，关掉了收音机。好像是在说："好吧，我的私人生活结束了。"我假装没有注意。我不知道该说什么。我从来不知道该跟埃斯特班说什么。无论我们触碰的是什么话题，都注定

104

以争论结束。他问我退休的手续办得怎么样了。我想进行得很好。其实，这不可能太复杂。我早就整理好了所有的履历，交了该交的钱，调整了我的资料。"据你朋友说，事情不会拖很久。"我退休的事是埃斯特班和我之间最常聊起的话题之一。有某种不言而喻的协定，要随时互通有无。而因为这一切，今天我做了一个尝试："我说，给我讲一点你的事情吧。我们从来都不聊天。""真的。大概是因为你和我一直都很忙。""应该是。但你在办公室真的有很多事要做吗？"一个白痴的问题，过于随意。答案是可以预见的，但我却没能预料到："你想说什么？我们公职人员都是些懒汉？你是这个意思吗？当然了，只有你们，商业公司的优秀职员们，有勤劳高效的特权。"我感到加倍的愤怒，因为错误在于我。"我说，你别自找没趣。我不是这个意思，我连想都没有这么想过。你现在就像个老处女一样多心。要不就是此地无银三百两。"出乎意料的是，他没说任何攻击性的话。也许是发烧令他虚弱。他不但没发火，甚至还道了歉："也许你说得对。我脾气总是这么坏。我怎么知道。就好像我连跟自己在一起都觉得不舒服。"作为私房话，而且是出自埃斯特班之口，这几乎是一种夸张了。但作为自我批评，我想这离真相很近。我早就有种感觉，觉得埃斯特班的脚步没有跟随他的良心。"你说，我放弃公职怎么样？""现在？""嗯，现在不。等我好了，如果我能好的话。医生说也许我会病上几个月。""那这种莽撞是为了什么？""别问太多。知道我想改变对你来说还不够吗？""对我来说足够了。你让我很高兴。我唯一担心的是，如果你需要一张医院证明的话，可能在现在的地方更容易弄到。""那你，你得斑疹伤寒的时候，他们把你开除了吗？没有吧？而且你有差不多六个月没去上班。"其实，我跟他唱反调，是出于纯粹的乐趣，想听他确认自己的观点。"现在，最重要的是你得好起来。之后我们再看。"之后，他突然开始描绘一幅漫无止境的画像，为他自己，为他的局限，为他的希望。他说了那么多，以至于我三点一刻才到公司，不得不向经理道歉。我有点着急，但并不觉得自己有权打断他。这是埃斯特班第一次敞开心扉。我不能让他失望。之后我也说了一会儿。我给了他些建议，但非常广泛，漫无边际。我不想吓到他。而我相信我没有吓到他。我走的时候，拍了拍毯子下面他鼓起的膝盖。而他给了我一个微笑。我的上帝，我觉得那是一张陌生人的脸。这可能吗？不过话说回来，倒是个充满善意的陌生人。而他是我的儿子。真好。

我不得不在办公室待到了很晚，而后果就是，我"蜜月"的开端又要延迟了。

6月25日，星期二

一项烦人的工作。明天就得交。

6月26日，星期三

我不得不工作到了晚上十点。实在是精疲力竭。

6月27日，星期四

我觉得今天应该是最后一天混乱了。我从没见过比这更复杂更无用的报告要求。而且除此之外，我们还有账目结算要做。

埃斯特班已经不发烧了。不幸中的万幸。

6月28日，星期五

终于。七点半我离开办公室，去了公寓。她先到了，用她的钥匙开了门，已经安顿好了。我到家时，她开心地迎接了我，不再压抑，又一次给了我一个吻。我们吃饭，聊天，欢笑，做爱。一切都那么好，好到不值得写下来。我在祈祷："但愿这能持久。"为了给上帝施压，我会去敲没有腿的木头①。

6月29日，星期六

　　看来埃斯特班的病并没那么严重。X光和化验结果否定了医生和他的噩兆。那家伙喜欢吓唬人，最少也要宣布严重并发症以及未经定义且无法遏制的危险的临近。然后，如果现实并非如此可怕，一阵巨大的释然感便会突然降临，而一般来说，家人的释然是毫无怨言付钱的最佳氛围，他们甚至会心怀感激地付清一张数目过高的账单。当你向医生提问时，低声下气，几乎带着羞耻，清晰地感到在一个为他人的健康牺牲了自己生活和时间的人面前触及如此粗俗的问题时的惭愧："多少钱，医生？"而他总是说："拜托，朋友，之后会有时间谈这个的。您不用急，您和我之间永远不会有问题。"边说边做出一种慷慨、善解人意的不自在的姿态。然后，为了在这个肮脏的水洼里拯救人类的尊严，他会马上为之前的话题画上句号，突然开始口述处于恢复期的病人明天该喝什么汤。之后，当谈这个的时候最终到来时，随之而来的还有鼓鼓囊囊的账单，以邮件的

---

① 敲木头，西班牙语国家民间信仰中一种避免厄运到来的方式。这一习俗的一个版本认为，敲没有腿的木头——如树、门、画框上的木头——才会起作用，而敲桌椅上的木头则没有效力。

形式形单影只地出现；而在那数字前你会有点惊愕，也许是因为在那一刻，那位简朴的科学殉道者和蔼可亲、充满父性、方济各式的微笑并不在场。

6月30日，星期天

属于我们的一整天，从早饭开始的所有时间。我急切地来到这里，想要核实，想要证明一切。星期五发生的是件独一无二的事，但如激流般猛烈。一切发生得那么快，那么自然，那么幸福，以至于我无法在脑中记下任何细节。当一个人置身于生活的中心时，是不可能反思的。而我想要反思，尽可能近地衡量发生在我身上的这件奇事，辨识出自己的踪迹，用我过剩的自觉去弥补我缺乏的青春。而在我想核实的细节中，有她的音调，她声音的细微差别，从极度的真诚到天真的掩饰；有她的身体——实际上我尚未看见也无法形容，因为如果能感受到那紧张感逐渐缓和，感受到她的神经如何为感官让位，我情愿付出这个经过深思熟虑的代价；我更希望黑暗真的无法穿透，好去试验所有被照亮的缝隙，好让她那出于羞怯、恐惧的颤抖，怎么说呢，渐渐变成另一种颤抖，更温和、更正常、更象征着交付本身。今天她对我说："我很高兴这一切过去了。"而由于语气的加强，由于她眼中的光芒，她指的好像是一场考试，一次临产，一种攻击，任何一种要承担更大风险和责任的事情，而不是一个男人和他的女人同床共枕这样简单、普通、日常的行为——比一个男人和一个女人同床共枕要简单、普通和日常得多。"甚至我会告诉你我觉得自己没有错，没有罪恶感。"我大概是做了一个不耐烦的手势，因为她立即声明："我知道你不会明白，这不在男性众多的理性思考之中。对你们来说做爱是一种正常的手续，是近乎卫生性的义务，而极少是与道德有关的事件。你们可以将它叫作性的细节，与所有其他本质性的细节、与生活所有其他区域分开，这令人嫉妒。是你们自己发明了在女人身上性是全部这样的说法。你们发明了它，然后给它乔装打扮，把它变成了其真实意义的漫画形象。你们说这句话时，把女人想成是自愿的、执迷不悟的享乐主义者。在女人身上性是全部，也就是说：女人全部的生活，包括她的梳妆打扮，她欺骗的艺术，她浮于表面的文化，她精明的眼泪，她所有用以捕获男人并将他们变成她性生活供应商的装备，她对性的需求，她的性仪式。"她很激动，甚至看起来是在生我的气。她看我的时候带着一种如此胸有成竹的讽刺意味，就好像她保管着这个世界全部的女性尊严。"而这里面没有任何东西是真的？"我问道，仅仅是为了挑衅，因为她采取攻击性态度的时候很美。"这里面有些东西是真的，有时是真的。我知道有的女人就是这样，除此之外什么也不是。但也有其他女人，大多数女人，不是这样的；而更多的女人，尽管是这样的，但除此之外也有其他样子，也是一个复杂、自我中心、极其敏感的人类。也许，女性的自我是性的同义词这种说法是真的，但必须得理解，女人会将性等同于道德。或许更多的负罪感、更少的快乐、更艰难的问题就在于此。对你们来说则那么不同。如果你愿意的话，可以比较一下老处女和老光棍的状况，从表面上看来，他们可以将彼此视为同病相怜之人，两个平行的失败者。她和他的反应又有哪些呢？"她换了口气，又继续说了下去。

"当老处女变得坏脾气，越来越没有女人味，有怪癖、歇斯底里、不完整时，与之相反，老光棍却转向了外界，变得聪敏、吵闹，变成了老色鬼。双方都忍受着孤独，但对老光棍来说，这不过是家政服务和单人床的问题；而对老处女来说，孤独是打在后颈上的一记重锤。"我做了件非常不合时宜的事，在这一刻我笑了出来。她停下了演说，好奇地看着我。"听你为老处女辩护让我觉得很好玩，"我说，"让我喜欢，也让我惊奇，还有，看到你对于形成自己的理论如此在意，这应该是从你母亲那里继承的。她有她关于幸福的理论；你也有你的理论，大概可以命名为'关于普通女性身上性与道德的联系'。但现在请告诉我，你是从哪里得出的男人会这样想的结论——男人发明了那种健康的蠢话，说在女人身上性是全部？"她露出了羞赧的表情，知道自己陷入了窘境："我哪知道。有人这么跟我说的。我又不是个学者。但如果这不是某个男人发明的，也应该有人把它发明出来。"现在我又能认出她了，发现自己暴露了的小姑娘想找个台阶下，于是求助于回到表面上的天真，只是为了被原谅。无论如何，我并不太在乎她那女权主义的萌芽。说到底，这一切都是为了向我解释为什么她不再觉得自己有负罪感。话说，这才是重要的事情，她不再有罪恶感，让紧张感松弛下来，在我的怀里感到舒适。其他的都是装饰，都是辩解；可有可无，对我来说都一样。如果她喜欢觉得自己有道理，如果她把这一切都变成一个严重的道德问题，并且想要聊聊，想让我来负责，来听她说，那好，那她就说出来，我会听的。她的脸蛋被热情点燃的时候非常美丽。而且，说这件事对我来说不是一个道德问题，这也不是事实。我不记得自己在哪天写过，但我肯定曾为自己的犹豫不决留下了证据，而犹豫不决如果不是道德感在转弯抹角又是什么呢？

但她那么好。忽然，她沉默了下来，把她的战斗精神放在了一边，照了照镜子——脸上带着自嘲而非卖弄风情的神态，然后坐在床上叫我："过来，坐在这儿，我是个白痴，用这种演说浪费时间。反正，我知道你和那些人不一样。我知道你理解我，你知道为什么这对我来说是一个真正的道德问题。"这时候需要说谎，所以我说："我当然知道。"但这时她在我怀里，有其他事情要想，其他计划要实行，其他新的爱抚要回应。道德问题也有它温柔的一面。

7月3日，星期三

听起来像个谎言，阿尼巴尔从巴西回来后，从五月初到现在我只和他见了那一面。昨天他打电话给我，令我很高兴。我需要跟人聊聊，需要信任人。我这才发现，直到现在，我把所有与阿贝雅内达有关的事都留给了自己，没有对任何人提起过。而这可以解释。我能和谁说呢？和我的儿女？只是想象一下我就起了一身鸡皮疙瘩。和比格纳雷？一想见他居心不良的挤眉弄眼，他拍在我肩上的巴掌，他哈哈大笑时的同谋感，我马上就变得不可动摇地谨慎。和我公司的人？那会是通往失败的可怕一步，而且，与此同时，也会是阿贝雅内达不得不离开办公室的绝对保证。但即使她不在那里工作，我想我也不会有勇气以这种方式谈论自己。办公室里没有朋友，有的只是每天见面的人，这些人不管一起出现还是分别出现都叫人生气，开玩笑然后互相捧场，交换彼此的抱怨，相互传递怨气，对作为整体的董事会牢骚满腹而对每一个董事阿谀奉承。这叫作共存，但如果共存看起来像是友谊，那一定是海市蜃楼。在办公室这么多年，我承认阿贝雅内达是第一个令我真正产生感情的人。其他人的劣势，在于无法选择的关系和被客观条件强加的联系。我和穆纽兹、门德斯、罗布雷多有什么共同之处？然而，有时候我们会一起大笑，一起喝一杯，彼此以善意相待。

在内心深处，每个人对他人来说都是陌生人，因为在这类肤浅的关系中，人们会说起很多事，但从来不会涉及根本性的问题，也从来不会谈起真正重要的、决定性的事件。我想工作需要的是另一种信任；工作，这种持续的敲打，不是吗啡，就是毒气。有时，他们中的某一个（尤其是穆纽兹）会来找我，想开始一段真正的交流。他开始讲，开始真挚地为自己的自画像勾勒轮廓，开始概括剧情的不同部分，关于那尽管有那么多普通人都感受过，却仍然让每个人疲于奔命的微不足道、停滞不前、莫名其妙的剧情。但总会有人在前台叫他。他得花上半小时时间，和一个欠款的客户解释拖欠款的不便和惩罚，争吵，大呼小叫一会儿，或许会感到自己可鄙。等回到我办公桌前时，他会看看我，一言不发，让肌肉做出对应着微笑的努力，但嘴角却在往下折，然后拿起一张旧工资单，认认真真地在手里揉成团，然后把它丢到纸篓里。那只是一个替代品，而不再有用的、可以丢进纸篓的，是他吐露的心声。是的，工作会堵住信任的嘴。可是还存在着嘲弄。我们所有人都是嘲弄的专家。对他人的兴趣总要用某种方式来消耗掉；不然的话，它会嵌入身体，然后幽闭恐惧症和神经衰弱会趁虚而入，天知道。因为我们没有足够的勇气和足够的真诚，来友好地对他人（不是模糊的、圣经中的、没有面孔的他人，而是有名有姓的他人，距离最近的他人，那个坐在我对面写字台、把利息结算递给我检查并让我签上同意字样的他人）产生兴趣，因为我们自愿放弃了友谊，好，那我们就来通过嘲弄，对这个在工作了八小时后总是有些脆弱的邻座表示兴趣。而且，嘲弄会带来某种团结一致。今天的候选人是甲，明天是乙，后天就会是我。被嘲弄的人默默诅咒，但很快就会妥协，知道这只是游戏的一部分，在不远的将来，或许就是一两个小时之内，他可以选择最称心如意的报复方式。而另一方面，嘲弄者也会自觉欢欣鼓舞、热情洋溢、熠熠生辉。每当他们中的某人为嘲弄加上一剂调味，其他人便会庆祝，给彼此使眼色，因为同谋关系而变得敏感，只差互相拥抱和高呼万岁了。而大笑是多好的放松啊，连必须忍受笑意的时候也是，因为经理西瓜一样的脸从远处探了出来；这是多好的报复啊，反对例行公事，反对手续，反对被那意味着无意义的事情纠缠八小时的判决，而这些事只会让那些蠢货——他们为了生活、生存这样单纯的事实而犯下原罪，只因无视了上帝早已不再信任自己这一事实才去相信上帝——的银行存款水涨船高。话说回来，这其中的区别又在哪儿呢？嘲弄让我们费了多少事啊，真累。而这份工作是多大的嘲弄，多差劲的笑话啊。

7月4日，星期四

我和阿尼巴尔聊了很久。这是我第一次在别人面前说出阿贝雅内达的名字，也就是说，第一次说出这个名字对我具有的真正意义。在某一刻，当我正向他讲述时，我觉得他在局外旁观着整件事，像一个被深深吸引的观众。阿尼巴尔以一种宗教般的注意力听我讲完。"那你为什么不结婚？我不太明白这种顾虑。"我觉得他不可能不懂，一切那么明显。我又解释了一遍，和我最初给自己的解释一模一样：我的年龄，她的年龄，十年后的我，十年后的她，不想伤害她的愿望，另一个是不想显得荒谬的愿望，享受现在，我的三个孩子，等等，等等。"那你觉得现在这样就不会伤害她了？"当然，这是难以避免的，但总比绑住她的伤害小一些。"那她怎么说？她同意吗？"这是个令人不适的问题。我不知道她是否赞同。轮到她说话的时候，她说好的，但事实是我不知道她是否赞同。有没有可能她更想要的其实是稳定，官方的、神圣的稳定？会不会是我对自己说这么做是为了她，而其实是为了我自己？"你怕的是显得荒唐，还是其他的事？"很明显，这家伙决定在伤口上撒盐了。"你这是什么意思？""你让我实话实说，对吧？我的意思是我觉得整个问题都一清二楚：你的问题就是你害怕十年之后她给你戴绿帽子。"跟人实话实说是多么丑陋的事情啊，尤其是那种连早晨的自言自语都避免讲出的真相，那种刚睡醒时喃喃自语的苦涩的蠢话，令人深深反感，充满自怨自艾，必须得在彻底醒来之前让这些话消散，才能戴上面具——余下的一天中别人会看到它，而自己会透过它去看别人。所以我怕的是十年之后她给我戴绿帽子？我用一句脏话回答了阿尼巴尔，这是当男人被称作王八时的传统反应，尽管是远距离长时间之后的王八。但那疑问继续在我脑中打转，而在写下这些的一刻，我仍然无可避免地感到自己少了些慷慨，少了些平衡，多了些粗俗和乏味。

7月6日，星期六

午后大雨倾盆。我们在一个街角待了二十分钟，等待一切归于平静，沮丧地看着奔跑的人们。但我们无可避免地着了凉，我开始以一种具有威胁性的频率打喷嚏。基本不可能打到出租车。我们离公寓有两夸德拉的路，决定走过去。其实，我们也像疯子一样跑了起来，在湿淋淋的三分钟之后就到了公寓。有一会儿我非常疲倦，像个废物一样倒在床上。然而，在这之前我还有力气找了张毯子把她裹起来。她脱掉了滴着水的大衣，还有惨不忍睹的裙子。很快我便渐渐恢复了平静，半小时之后身子开始暖了起来。我走进厨房，点燃煤气灶，开始烧水。她在卧室里叫我。她已经起来了，就这样，裹着毯子，靠在床边，望着雨。我走了过去，也望着雨，有一阵我们谁也没说话。忽然我意识到，那一刻，那个日常的片段，是舒适的最高程度，是幸福。我从来没有像那一刻一样全身心地快乐过，但也有一种伤心的感觉，觉得再也不会如此快乐，至少不会再达到那种程度、那种强度的快乐了。顶峰是这样的，当然是这样的。而且我敢肯定顶峰只有一秒钟，短暂的一秒钟，瞬间的光芒，没有延长的权利。楼下有条狗小跑着，戴着口套，对它无法改变的事情逆来顺受。忽然它停了下来，遵循着一种奇怪的灵感抬起一条腿，然后继续着它宁静的小跑。真的，好像它停下来是为了确认雨还在下。我们面面相觑，然后笑了出来。我知道魔力已经破碎了，那著名的顶峰已经过去……但她和我在一起，我可以感受她，触摸她，亲吻她。我可以仅仅说出"阿贝雅内达"。而且，"阿贝雅内达"是一个词语的世界。我在学着为它注入一百种意义，而她也在学着认识它们。这是一个游戏。我早上说"阿贝雅内达"，意思是"早上好"（有一个"阿贝雅内达"是责备，另一个是告知，还有一个是道歉）。但她故意误解了，好来折磨我。当我说出意味着"我们做爱吧"的"阿贝雅内达"时，她得意地回答："你觉得我现在就该走了吗？还那么早！"哦，在过去阿贝雅内达只是一个姓氏，一个新来的助理的姓氏（仅仅五个月前我写下："那姑娘看起来工作意愿没那么强，但至少她明白别人给她解释的事"），一个用以识别那有着宽额头和大嘴巴、用巨大的敬意看着我的小人儿的标签。现在她就在这儿，在我面前，被毯子裹着。我曾经觉得她无关紧要、拘谨，充其量是友善，但已经不记得那时的她是什么样了。我只记得她现在是怎样的：一个惹人喜爱的小女人，吸引我，令我的心感到不合理的快乐，征服了我。我有意识地眨了眨眼睛，为了不让任何东西在之后妨碍我。于是我用目光裹住了她，裹得比毯子好得多；事实上，我的目光并未独立于我那已经开始说"阿贝雅内达"的声音。而这一次，她完美地理解了我。

7月7日，星期天

阳光灿烂的一天，仿佛秋日。我们去了卡拉斯科①。海边空荡荡的，也许是因为正值七月，人们打不起精神去相信好天气。我们坐在沙滩上。在空旷的沙滩上，海浪变得更加使人敬畏，独自统治了这片风景。在这个意义上，我自认驯服、顺从得可悲。我看着那无法平息的苍凉大海——如此为它的泡沫与它的勇气而骄傲，偶尔被天真的海鸥玷污，几乎不真实——即刻便会藏身于一种不负责任的仰慕中。但之后，几乎是马上，那仰慕便分崩离析，我转而感到自己像一枚蛤蜊、一块鹅卵石一样不设防。那片海是一种永恒。当我还是个孩子的时候，它惊涛拍岸，但当我祖父还是个孩子，当我祖父的祖父还是个孩子的时候，它已然惊涛拍岸。一种流动但没有生命的存在。一

---

① 蒙得维的亚区名，位于拉普拉塔河口。

119

种由黑色浪潮组成的不仁的存在。历史的证人，无用的证人，因为它对历史一无所知。如果这片海是上帝呢？上帝同样是一位不仁的证人。一种流动但没有生命的存在。阿贝雅内达也望着它，头发里带着风，眼睛眨都不眨。"你，相信上帝吗？"她说，继续着我和我的思想之前开始的对话。"我不知道，我希望上帝存在。但我不确定。我也不确定上帝如果存在，是否会赞同我们因为某些零散而不完整的信息而轻信于祂。""但这多么明显。你想得那么复杂，是因为你希望上帝有面容、双手、心脏。上帝是一种共同的名字。我们也可以称之为全部。上帝是这块石头，我的鞋子，那只海鸥，你的裤子，那片云，一切。""而这吸引你？这能让你说服自己？""至少，这令我心生敬意。""我不行。我没法把上帝想象成一家庞大的股份有限公司。"

7月8日，星期一

埃斯特班已经可以起床了。他的病给我们带来了好的结果，无论是对他还是对我来说。我们进行了两三次诚挚、真正健康的对话。我们甚至曾经聊了些闲天，但是聊得很自然，没有让双方的恼火决定问题的答案。

7月9日，星期二

所以我害怕她十年之后给我戴绿帽子？

7月10日，星期三

比格纳雷。我在萨兰迪大道遇到了他。不得不听他说话。他看起来并不开心。我当时急着走，所以我们就在吧台喝了杯咖啡。在那儿，以他养成的用洪亮的声音倾吐秘密的风格，他高声为我讲述了爱情插曲最新的一章："太糟糕了，唉。我老婆抓住了我们，你知道吗？她没抓到现行。我们只是在接吻。但你能想象那胖子闹出来的乱子。什么在她自己家里，在她自己的屋檐下，吃着她的面包。我，作为她的丈夫，觉得自己像只蟑螂。相反，艾尔维拉反应非常平静，她还抛出了世纪理论：她和我一直都亲如兄妹，而我妻子看到的正是，一个兄妹般的吻。我觉得自己就像个最糟糕的乱伦者，而那胖女人狠狠地大骂了一顿。'你们搞错了，'她说，'如果你们以为我会像弗朗西斯科那个蠢货一样任人宰割的话。'她告诉了我岳母，告诉了左邻右里，还有杂货店主。不出两小时，整个街区都知道了那个小疯女人想抢她的丈夫。另一边，艾尔维拉积极地和弗朗西斯科谈了，告诉他自己被侮辱了，她不会再在这个家里多待一分钟。然而她待了大概三小时，在此期间她对我做了一件非常丑陋的事，正是人们所说的那种非常丑陋的事。要知道，弗朗西斯科唯命是从，那家伙一点都不危险。但胖女人不依不饶，大喊大叫，有两三次甚至扑到了艾尔维拉身上。然后艾尔维拉，在一个可怕的时刻，你肯定不知道她说了什么吧？她说，什么样的脑子才会认为她会注意像我一样的垃圾。你能相信吗？而最糟糕的是，用这个理由她说服了对方，那胖女人平静了下来。但你能相信吗？我向你发誓我不会原谅艾尔维拉。让他们滚吧，她和她的王八。而且，话说回来，她也没有我以为的那么性感。再说了，既然现在我已经不是个忠诚的丈夫了，我得出了一个结论：我也可以有更年轻、更诱人的出轨对象；最重要的是，要和'家'这个主题毫无关系，家对我来说总是神圣的。这样一来胖子就不会担心了，可怜的人。"

7月13日，星期六

她在我身边，睡着了。我正在一张散落的纸上写着，今晚再誊到本子上。现在是下午四点，午休即将结束。之前我开始琢磨一个比较，最后却想到了另一个。她在这里，在我身边，她的身体。外面很冷，但这里温度宜人，确切地说还有点热。

她的身体几乎全露在外面，毯子和床单滑到了一边。我想将这身体与我对伊莎贝尔身体的记忆做个比较。显然，那是另一个时代。伊莎贝尔不瘦，她的乳房丰满，因此有点下垂。她的肚脐凹陷，很大，颜色暗，边缘粗糙。她的胯部是最好的，最吸引我；我拥有一份对她胯部的触觉记忆。她的肩膀结实，白皙中透着淡淡的粉色。她的腿被未来的静脉曲张威胁着，但仍然美丽，线条圆润。而我旁边的这身体，与她的身体毫无相似之处。阿贝雅内达很瘦，她的胸让我有一点同情，她的肩膀布满雀斑，她的肚脐小而稚气，她的胯部也是最好的（还是说胯部永远令我动容？），她的腿很瘦，但形态很漂亮。然而，那身体吸引过我，而这身体正吸引着我。伊莎贝尔的裸体有一种激动人心的力量，我欣赏着它，全身心便立即成为了性，不会再去想别的东西。阿贝雅内达的裸体中有一种真诚的谦逊，可爱又手无寸铁，一种动人的无依无靠。这深深地吸引着我，但在这儿性只是诱惑力的一环，是召唤的一环。伊莎贝尔的裸露是一种全然的裸露，也许更为纯粹。阿贝雅内达的身体是一种有态度的裸露。要爱伊莎贝尔，仅仅被她的身体吸引就足够了。要爱阿贝雅内达，需要爱她的赤裸和她的态度，因为后者至少构成了她魅力的一半。将伊莎贝尔抱在怀里，意味着拥抱对所有肉体反应都很敏感、也能够给出所有正当刺激的身体。将阿贝雅内达具体的细瘦抱在怀里，意味着也拥抱她的微笑，她的目光，她说话的方式，她柔情的汇集，她交付一切的暗示，还有她因暗示而表达的歉意。好，这是第一个比较。但又出现了另一个，而这另一个令我悲伤、泄气。伊莎贝尔拥有的我的身体和阿贝雅内达拥有的我的身体。多么悲哀。我从来都不是个强壮的人，上帝原谅我。但这里也曾有过肌肉，有过力量，有过平滑、紧致的皮肤。特别是，那时没有那么多今天不幸拥有的东西。从不平衡的秃顶（左边是最荒芜的），变得更宽的鼻子，脖子上的疣，到有着红毛小岛的胸，轰鸣的腹部，静脉曲张的脚踝，患上久治不愈、令人消沉的真菌病的双脚。在阿贝雅内达面前我不在意，她认识的我就是这样的，她不知道我以前的样子。但在自己面前我是在意的，我在乎承认自己是我青春的幽灵，是我本人的漫画形象。也许有一种补偿的方式：我的头脑，我的心灵，说到底，作为灵魂实体的我，也许在今天比与伊莎贝尔日日夜夜中的那一位略有进步。只是略有进步，也别抱太多幻想。我们要平和，我们要客观，我们要诚实，真是的。答案是："这算数吗？"上帝，如果存在的话，大概正在天上画着十字。阿贝雅内达（哦，她是存在的）现在正在人间慢慢睁开眼睛。

7月15日，星期一

到头来，可能阿尼巴尔说得有道理，我不想走入婚姻，与其说是为了保护阿贝雅内达的未来，更像是因为害怕显得荒唐。而这不行。因为有一点是肯定的，那就是我爱她。这一点我只写给自己看，所以听起来做作也没关系。这是事实。句号。所以，我不希望她受苦。我本以为（其实，我本以为自己知道）回避这种稳定的局面，是为了让阿贝雅内达永远自由，这样，在几年之后，她才不会觉得自己被困在了一个老家伙身边。如果现在看来这只是我在自己面前的一个借口，而真正的理由是某种用以对抗未来欺骗的保险，很显然需要改变整个结构，改变这一结合的所有表征。也许临时、秘密的情况会让她更受伤，让她觉得被一个比自己年长一倍的家伙绑住了。说到底，在对荒谬的恐惧中，我对她的评判并不公正，而这是我自己的卑鄙。我知道她是个好人，天性善良。我知道如果有一天她爱上了别人，也不会令我陷于羞辱性的一无所知之中，而蒙在鼓里才是被嘲笑者的耻辱。或许她会告诉我，又或许，我会以某种方式捕捉到这样的时刻，然后以足够的平静来理解它。但也许最好还是和她谈谈，给她为自己选择的权利，帮助她感到安全。

7月17日，星期三

布兰卡今天很悲伤。哈伊梅、她和我沉默地吃了晚饭。埃斯特班痊愈后第一次晚上出门。吃饭时我什么都没说，因为我太知道哈伊梅会怎么回应了。之后，在他走后——实际上并没有打招呼（摔门之前的嘟哝没法被当作"晚安"），我留在饭厅看报纸，布兰卡收拾桌子时特意磨蹭了一会儿。她撤掉桌布时，我不得不把报纸抬起来，那时我看了她一眼。她的眼睛似乎哭过。"你跟哈伊梅怎么了？"我问她。"跟哈伊梅，还有迭戈，我跟他们俩都吵架了。"太令人费解了。我无法想象哈伊梅和迭戈联合起来对付她。"迭戈说哈伊梅是个同性恋。所以我跟迭戈吵起来了。"这个词给了我两记重击；因为这是说我儿子的，也因为这是迭戈说的，我寄希望于他，信任他。"那可以知道你烦人的迭戈为什么允许自己侮辱人吗？"布兰卡有些苦涩地笑了。"这才是最糟的。这不是侮辱。这是事实。所以我也和哈伊梅吵了起来。"很明显，布兰卡说起这一切的时候很拘谨，尤其是因为我是真相的接收者。当我说出"而你更相信迭戈的诽谤，而不是你弟弟的话？"时，连自己听到都觉得虚假。布兰卡垂下了眼睛。她手里拿着面包筐。那是一个凄楚的形象，一种动人、家常的凄楚。"正是，"她说，"这是哈伊梅自己说的。"在那一刻之前，我从未想过自己的眼睛可以睁得那么大。我的太阳穴疼。"所以那些朋友……"我口齿不清地说。"对。"她说。这是一记重击。然而，我意识到在我内心深处，这个怀疑早已存在。因此，只是因此，这个词在我听来并不陌生。"我求你一件事，"她补充道，"什么都别跟他说。

126

他没救了。他不会感到良心不安，你知道吗？他说女人不吸引他，他不是故意的，每个人的天性都是上帝赋予的，而上帝没有给他被女人吸引的能力。他捍卫自己的时候很勇敢，我向你保证他没有负罪感。"于是我说，连自己都不相信："如果我用拳头爆了他的头，你就会看到负罪感怎么来找他。"布兰卡笑了，这是她今晚第一次笑："别骗我了。我知道你不会这么做的。"于是沮丧占据了我，一种可怕的沮丧，毫无希望。这是哈伊梅，是我的儿子，继承了伊莎贝尔前额和嘴巴的那个儿子。

我的负罪感在哪里结束？他的又从哪里开始？确实，我没有像应该做的那样照顾他们，我无法真正地代替母亲。啊，我没有母亲的禀赋。而我连自己父亲的禀赋都不太敢确认。但这与他变成了这样又有什么关系？也许我本来可以在那些友谊开始时就切断它们。也许，如果我这么做了的话，他会继续背着我见他们。"我得和他谈谈。"我说，而布兰卡看上去已经在风暴面前投降了。"而且你得跟迭戈和好。"我补充道。

7月18日，星期四

我有两件事要告诉阿贝雅内达，但我们只在公寓里待了一个小时，我只和她讲了哈伊梅的事。她没说我是完全无辜的，而我因此感谢她。在心里，当然。但是我想，除此之外，如果一个家伙生下来就堕落了，也没有哪种教育能治愈他，没有任何注意力能够令他改邪归正。当然我本可以为他做得更多，这千真万确，千真万确，让我无法觉得自己无辜。而且，我想要的是什么呢？我更希望的是什么呢？他不是同性恋？还是自己能免于所有的负罪感？我们太自私了，我的上帝，我太自私了。就连每天觉得自己有道德感也是一种自私，一种对便利、对灵魂舒适感的依恋。我没有见到哈伊梅。

7月19日，星期五

今天也没见到哈伊梅。但我知道布兰卡告诉了他我想和他谈谈。埃斯特班相当暴躁。他最好别知道。还是说他已经知道了？

7月20日，星期六

布兰卡给我带来了一封信。信里是这么写的：

"老爸：我知道你想和我谈谈，而且也事先知道了话题。你会对我宣讲道德，而有两个原因让我不想接受你的说教。首先，我没有什么想责备自己的地方。其次，你也有你的秘密生活。我看到你和那个捕获了你的小丫头在一起了，而我想你也同意，这不是保存对妈妈的回忆应有尊敬的最佳方式。而你却想搞单边清教主义。由于我不喜欢你的所作所为，你也不喜欢我的所作所为，最好的方式就是消失。那么：我会消失，让你眼不见为净。我已经成年了，你不用担心。而且我想象我的退出会让你更靠近我的兄弟姐妹。布兰卡知道一切（想知道更多情况，就去找她）；埃斯特班我已经通知过了，昨天下午，在他办公室。你尽管放心，我得向你承认，他的反应像个真正的男子汉，把我一只眼睛都打青了。那只仍然睁着的眼睛已经足以让我看到未来（不会那么坏的，你等着瞧），并最后一次注视我可爱的家庭，那么纯洁，那么正统。致意，哈伊梅。"我把信纸递给布兰卡。她认真地看完，然后说："今天早上他已经把自己的东西搬走了。"接着又脸色苍白地补充道，"还有关于那个女人的话，是真的吗？""是，也不是，"我说，"我和一个女人——几乎是个姑娘——保持着一段关系，这一点是真的。我和她同居了。这意味着对你母亲的冒犯，则不是真的。我觉得我有爱一个人的权利。嗯，我爱这个姑娘。我没有和她结婚，只是因为我不确定这是不是最适合的方式。"也许最后这句话多余了。我也不太清楚。她咬着嘴唇。我觉得她正在某种子女的守旧和一种非常简单的人类情感之间犹疑不定。"但她人好吗？"她急切地问道。"对，她很好。"我说。她如释重负地舒了口气；她仍然信任我。感到自己还能够激起这种信心，我也如释重负地舒了口气。于是我听从了一种突如其来的召唤。"请你去认识她的话，会不会要求太多了？""我自己正要提出来呢。"她说。我没有做出评论，但谢意就在我的喉中。

7月21日，星期天

"也许，在最初，在我们的事开始的时候，我会更倾向于这个选择。现在我想不是这样了。"我要先把这句话记下来，因为我怕忘了它。这是她的回答。因为这一次我用全部的真诚和她谈了；婚姻的话题被讨论到了穷尽之处。"我们来这里之前，来这套公寓之前，我注意到说出这个词令你觉得困难。有一天你说了出来，在我家玄关那儿，而因为你说了出来，我全心全意地感谢你。这让我决定相信你，相信你的爱意。但我不能接受，因为如果我接受了，对那个当下来说它会成为一个虚假的基础，因为在当时，那尚且是未来。如果我接受了，我也需要接受让你委曲求全，接受你向一个并不成熟的决定屈服。相反，我让自己委曲求全了，但这是合乎逻辑的，因为我对自己的反应比对你的反应更有把握。我知道，即便是委曲求全，我也不会对你心怀怨恨；而相反，如果你强迫自己委曲求全，我不知道你会不会对我怀有一点怨恨。现在一切都过去了。我已经明白了。在女人身上有种守旧的倾向，会令她去捍卫童贞，去强求别人也强求自己将出具的保证最大化，好将个人的损失包围起来。之后，当一个女人失去童贞时，她会意识到一切不过是个神话，一个用来钓金龟婿的古老传说。所以我对你说，现在我不确定婚姻是不是我们的最佳选择。重要的是我们被什么连在一起：这个'什么'是存在的，是这样吧？说到这儿，将我们连在一起的是真正存在的东西，你不觉得这比一纸简单的手续，比一个心急火燎、大腹便便的法官仪式性的致辞更有力、更强烈、更美吗？而且还有你的孩子们。我不想那样出现，好像要与你妻子的形象争夺你的生活，我不希望他们代表自己的母亲感到嫉妒。而最后，还有你对时间的恐惧，你害怕变老，害怕我会看向别处。别那么任性。你最让我喜欢的，是任何时间都无法从你身上夺走的东西。"除了属于她的真相，她如此平静地阐明的，更是我的愿望。另外，听起来真令人愉快。

7月22日，星期一

我小心翼翼地筹划了这次见面，但阿贝雅内达对此一无所知。我们当时在糕点店里。我们极少一起上街。她总是很紧张，觉得我们会碰见办公室的什么人。我跟她说这迟早会发

131

生。我们也不能一辈子关在公寓里。从咖啡杯上方，她看到了我的目光。"你看见谁了？那儿的什么人吗？"那儿是办公室的意思。"不，不是那儿的人。但是一个想认识你的人。"她变得那么紧张，以至于有一瞬间，我对要让她经受这样的考验而感到后悔。顺着我眼神的方向，她在我做出更多解释之前就认出了布兰卡。话说回来，布兰卡应该有点像我。我打了个手势叫她。她当时美丽，开心，亲切。我为自己是她父亲而感到相当骄傲。"这是布兰卡，我女儿。"阿贝雅内达伸出了手。她在颤抖。布兰卡表现得非常好。"拜托，请您别紧张。是我想认识您的。"但阿贝雅内达无法恢复常态。她在喃喃自语，极度不安："耶稣。我无法想象他和您说起了我。我无法想象您想认识我。请原谅我，在您看来我一定是像不知道什么……"布兰卡使尽浑身解数想让她平静下来，我也是。无论如何，我发觉在两个女人之间，好感的端倪已经初现。她们几乎一样大。不一会儿，阿贝雅内达渐渐平静了下来；尽管如此，她还是掉了几滴眼泪。十分钟之后，她们已经像两个正常的文明人一样聊天了。我听着她们说话。这是一种崭新的愉悦，有她俩同时在身边，两个我最爱的女人。分别之际（阿贝雅内达热心地坚持说我应该陪我女儿），搭公交车之前，我们在细雨中走了几夸德拉的路。之后，一回到家，布兰卡就给了我一个拥抱，一个她从来不会挥霍的那种拥抱，因此更值得纪念。我们脸贴着脸时，她对我说："我真的喜欢她。我从来没想过你能做出这么好的选择。"我吃了点东西就上床休息了。我的疲倦相当于一整年的强制劳动。但是谁在乎呢?

7月23日,星期二

从昨天阿贝雅内达跟布兰卡和我告别开始,我就没有见到她。今天一早,在办公室,她带着两个文件夹走到我办公桌旁,来问一个问题。我们在工作中总是很小心(到目前为止,还没有人发现)。但今天我仔细地审视了她。我想知道她对我之前设下的陷阱怎么想。她很严肃,非常严肃,几乎没有化妆。我向她指示了该怎么做。周围有人,因此我们什么也不能说。但她,当她要走时,趁机给了我两本票据存根簿和一张小纸片,上面只有一个龙飞凤舞的词:"谢谢。"

7月26日,星期五

早上八点。我在图碧①吃早餐。我最大的乐趣之一。坐在任何一扇朝向广场的窗边。外面下着雨。锦上添花。我学会

---

① 蒙得维的亚著名咖啡馆,于1889年开业,曾是知识分子、艺术家云集聚谈之处。1959年休业后被拆除。

了去喜爱萨尔沃宫①这个民俗学的怪物。它出现在所有旅游明信片上是有原因的。它几乎是民族性格的一种代表：粗俗，乏味，浮夸，和蔼可亲。它实在、实在是太丑了，丑到让人心情都好起来。我喜欢这个时间的图碧，时候还早，还没有被那些同性恋（我差点忘了哈伊梅，真是噩梦）占领，只有一个个孤零零的老头儿，以惊人的惬意读着《日报》②或《辩论》③。大多数人已经退了休，但无法改变一大早起床的习惯。等我退休了，还会继续来图碧吗？我也会无法习惯在床上享受到十一点吗，就像随便哪个经理的儿子一样？如果要对社会阶层进行真正的划分，就得注意每个人从床上爬起来的时间。毕央卡马诺走了过来，那个失忆的服务生，高效地淳朴而迷糊。我跟他点了五遍一小杯加奶浓缩咖啡和羊角面包，而他却给我端来了一大杯浓缩咖啡和一份脆饼夹火腿奶酪。他的盛情实在难却，让我甘拜下风。在我往咖啡杯里加方糖时，他跟我聊起了天气和工作。"人们不喜欢这种雨天，但是我说：'我们到底还是不是在冬天？'"我说他说得有理，因为很明显我们在过冬。之后坐在最里面桌边的一位先生很不高兴地把他叫走了，因为毕央卡

① 蒙得维的亚地标性建筑之一，于1928年竣工，高95米，曾为拉丁美洲最高建筑。
② 乌拉圭报纸，倾向于以乌拉圭红党内部以巴特列主义为代表的意识形态。创办于1867年，已于2004年停刊。
③ 乌拉圭报纸，是代表乌拉圭白党（民族党）意识形态的纯政论型报纸。创办于1931年，共发行28年。

马诺端过去的不是他点的食物。这是一个不肯甘拜下风的人。也许只是个阿根廷人，到这儿来做他每周的美元小生意，还不了解这家咖啡馆的习惯。在我盛宴的第二部分，报纸来了。有时我会每种都买一份。我喜欢辨认出它们不变的成分。《辩论》社论中句法跳跃的风格；《国家报》[①]文明的伪善；《日报》搅成一锅粥的信息，偶尔被一个个反教会的鬼脸打断；《晨报》[②]铿锵的尾语反复，跟它自己一样像个牧场主。多么不同又多么一致。他们之间玩弄着一种诡计，一群人欺骗另一群人，打着暗号，交换同伴。但所有人都在利用着同样一群恶人，都被同样的谎言所滋养。而我们阅读，然后，从这种阅读出发，我们相信，我们投票，我们争论，我们遗忘，慷慨、愚蠢地遗忘，忘记今天他们所说的正与昨天相反，忘记今天他们全力为之辩护的正是昨天恶言相向的人，而最糟糕的是，这同一个人，今天却骄傲、自豪地接受了那一辩护。所以我宁愿要萨尔沃宫奇丑无比的坦诚，因为它一直以来都很可怕，从未欺骗过我们；因为它被盖在了这里，在城市最繁忙的地方，从三十年前开始就强迫我们所有人，本地人和外国人，抬起眼睛向它的丑陋致敬。而要看报纸，得垂下眼睛。

---

① 乌拉圭发行量最大的报纸，创办于 1918 年。

② 乌拉圭报纸，倾向于乌拉圭红党内的自由主义意识形态。创办于 1917 年，曾于 20 世纪 90 年代停刊，后于 2019 年改版为周报。

7月27日，星期六

她非常喜欢布兰卡。"我没想到你会有一个这么惹人喜爱的女儿。"她大概每半小时就对我说一次。这句话和布兰卡的那句"我从来没想过你能做出这么好的选择"，对我的评价，对我的生殖和选择能力分别寄予的回顾性信心，都不怎么友好。但我很高兴。而阿贝雅内达也是。这星期二她潦草的"谢谢"，在之后有了显著的进展。她承认在面对我女儿时确实经历了一个糟糕的时刻。她以为布兰卡来是为了给她点颜色看看，用所有她想象中不无道理的指责，而她曾认为那几乎是自己活该听到的。她本以为冲突会极其激烈，极其严重，极具破坏性，让我们的事再也无法幸存。而正是那一刻使她清楚地意识到，我们的事在她的生活中真的很重要，如果现在便以这样一种几乎没有预兆的方式结束，也许会令她无法承受。"你不会相信的，但当你女儿从桌子之间走过来时，我脑中闪过了这一切。"因此，布兰卡友好的态度对她来说是一件意外的礼物。"告诉我，我能做她的朋友吗？"这就是她现在充满希望的问题，她还摆出了一张惹人喜爱的脸，也许跟二十年前她向父母问起东方三

王 ①时的那张小脸一模一样。

7月30日，星期二

哈伊梅杳无音讯。布兰卡去他办公室打听过。他已经十天没去上班了。我们和埃斯特班达成了不言而喻的默契，对此事绝口不提。对他来说这也是一次打击。我问自己，当他知道阿贝雅内达的存在时会作何反应。我请布兰卡什么也不要和他说。至少，现在不要。也许是我在夸大其词，在赋予我的孩子们审判者的职能（或者允许他们上升到那一层次）。我对他们尽了义务。我给了他们教导、照顾、关爱。好吧，也许在第三项上我有点吝啬。但我无法成为一个永远掏心掏肺的人。对我来说表达爱意很难，在爱情生活中也是这样。我给出的总是比拥有的少。我爱人的风格就是如此，有些言不尽意，只将顶点留给那些重要的时刻。也许这事出有因，因为我有关于细微差别、关于程度的怪癖。如果我永远在表达顶点，那么我还能为那些应当完全敞开心扉的时刻（在一生中，在一个个体身上只

---

① 东方三王，《马太福音》中带着黄金、乳香和没药来朝拜圣婴耶稣的三博士，也是首次见到主耶稣基督的外邦人。天主教会于每年1月6日庆祝主显节。在西班牙和大多数拉丁美洲国家的习俗中，东方三王会在这一天给孩子们带来礼物。

有四五次）留下什么？而且在做作的事物面前，我也会觉得有点难受，而对我来说做作就是如此：永远掏心掏肺。一个每天都哭的人，当他遭遇巨大的痛苦，遭遇一种令最高防御成为必须的痛苦时，又该怎么办？人总是可以自杀，但说到底，这仍然是一种可怜的解决方式。我想说的是，人不大可能生活在持续的危机之中，生产出一种多愁善感来把自己浸没（像某种每日的沐浴）在各种小型的痛苦里。那些好太太们会说——用她们惯用的心理经济学，她们不去影院看悲伤的电影，因为"生活已经够苦了"。而她们说得不无道理：生活已经够苦了，我们不应该开始怨天尤人或任性妄为或歇斯底里，仅仅是因为有什么挡住了我们的路，不让我们继续那通往幸福的远足——而有时它就在谬误的身旁。我记得有一次，孩子们还在上学时，哈伊梅班上留了一项作业，一篇常见的作文，关于母亲这一经典主题。哈伊梅当时九岁，回家时他觉得自己非常不幸。我试图让他明白，这样的事情还会发生很多次，他失去了他的母亲，就应该忍受这件事，这不是一件要每天为之哭泣的事，而情感的最大证据，正是显示出这种缺席不会让他在别人面前处于劣势。也许对他的年龄来说，我的表达方式并不合适。他确实停止了哭泣，用一种令人震动的敌意看着我，说出了以下的话："你要做我的母亲，不然我就杀了你。"他想说什么？当时他已经没那么小了，不会不知道自己正在要求得到的是一种荒谬，但也许他年纪还没有大到可以更好地掩饰自己最

138

初的痛苦，那些日常痛苦中——其后那里将聚集他的怨恨，他的反叛，他的挫败感——最初的一个。他的老师们、他的同学们、这个社会都在召唤他母亲这一事实，令他第一次感到了她缺席的力量。不知道是因为什么想象中的怪事，他将这缺席归咎于我。或许他认为，如果我能把她照顾得更好，她就不会消失。我是罪人，所以我应该替代她。"不然我就杀了你。"他没有杀我，当然，但他杀了他自己，剥夺了自己的身份。因为家中的男人令他失望了，他便致力于否定曾存在于自己身上的那个男人。呜呼！多么复杂的解释，只是为了展开一个如此简单、如此平常、如此不可逆的事实。我的儿子是个同性恋。一个同性恋。一个像令人作呕的桑蒂尼——妹妹在他面前全裸的那个——那样的人。我宁愿自己生了一个贼，一个吗啡上瘾的人，一个低能儿。我想同情他，但我做不到。我知道有理性甚至合理的解释。知道很多这样的解释都会让我背上部分的罪责。但是，为什么埃斯特班和布兰卡正常地长大了，为什么他们没有偏离正轨，而另一个却走上了歧途？恰恰是另一个，我最爱的那一个。没有任何同情。现在没有，将来也不会。

8月1日，星期四

经理叫我过去。我从来都受不了他。他是个平凡、懦弱得出奇的家伙。我曾经试过扮演他的灵魂、他抽象的存在，然后得到了一幅令人恶心的画面。在通常来说尊严的栖身之处，他只有一具残肢；他切除了尊严。他现在使用的矫形尊严，仅可以让他微笑。恰巧在走进办公室时微笑。"一个好消息。"他搓手的时候，看起来就像是要来砍我的头。"他们要给您的正是副经理一职。"看起来他似乎并不同意董事会的提议。"请允许我祝贺您。"他的手黏糊糊的，好像刚打开过一罐果酱。"当然有个条件。"终于来了，螃蟹背后的石头。他真的像只螃蟹。特别是在他为了从办公桌后面绕出来而走向一边的那一刻。"条件是您两年内不能退休。"那闲暇呢？副经理是个美好的职位，尤其是以此结束在公司的职业生涯的话。要做的事很少，接待一些重要的客户，监督员工的工作，在经理不在的时候替代他，努力忍受董事们和他们可怕的笑话，董事夫人们以及她们展示出的百科全书般的无知。但是，那我的闲暇呢？"您给我多长时间考虑？"我问道。这是我预支的否定回答。螃蟹的目光闪烁了一下，然后他说："一星期。下星期四我得把您的答复汇报给董事会。"当我回到部门时，所有人都知道了。高度机密的消息总会变成这样。有拥抱，祝贺，评论。连职员阿贝雅内达都走过来和我握了手。在所有那些手中，唯有她的手传递着生命力。

8月3日，星期六

我和她聊了很久。她让我好好想想，说副经理是一个舒适、惬意、受人尊敬、收入不错的职位。好吧，这我知道。但我也知道自己有休息的权利，而且不会为多挣一百比索工资而出卖这一权利。即使他们许诺的比现在这份诱人得多，可能我也不会出卖这一权利。对我来说，最重要的一直是挣来的钱足够我生活。而确实足够我生活了。我有份不错的收入。不需要更多。即使现在有公寓的额外开销也不需要。而且，等我退休，我相信还可以有份比目前略高的收入（几乎多一百比索），因为近五年的平均绩效让我的圣诞奖金有了可观的增长，而且奖金以后也不会变少。当然，我得面对货币贬值，这是通货膨胀最为确定的保证。这种威胁确实存在，但我总还有可能走某种多多少少上不了台面的会计程序。当然阿贝雅内达还动用了其他更为动人的理由，与所有这些龌龊的预测相比，她的理由与现金的关系没有那么密切："如果你不在，办公室会变得无法忍受。"这更好了。但这点也无法说服我，因为我有个计划：等我退休，她就不再工作了。我的收入够两个人生活。而且，我们开销很小。我们的娱乐，出于明显的原因，是极其家常的。偶尔去电影院，去一家餐厅，一家糕点店。有的星期天，天冷但有太阳的时候，去河边散散步，呼吸更清新的空气。我们会买本书，买张碟，但聊天令我们获得的乐趣比其他任何事物都多，聊我们，谈起我们的事开始之前各自生活的全部区域。没有任何娱乐和演出，能够代替我们从这真诚、直率的练习中获得的乐趣。现在我们正逐渐进行着一种更严格的训练。因为你也得习惯真诚。阿尼巴尔在国外的这些年来，和孩子们的关系中如此多的沟通问题，一直以来用以在办公室的居心叵测面前抵御我私人生活的防卫性廉耻，对女人——总是新的、从不重复——仅仅出于生理原因的接近，很显然，这一切已经让我渐渐不再习惯真诚。甚至可能连面对自己时，我也只是以零星的方式实践它。我这么说，是因为有一次，在与阿贝雅内达某次坦率的对话中，我发觉自己说出了一些比我的思想更加真诚的话。这可能吗？

8月4日，星期天

今天早晨我打开了小衣柜的抽屉，数量惊人的照片、剪报、信件、收据和笔记散落在地。于是我看到了一张颜色难以定义的纸（可能最初是绿色的，但现在有几处深色的污渍，墨迹则洇在将永远干涸的老旧潮气上）。在那一刻之前我完全忘记了它的存在，但一看到它，我就认出那是伊莎贝尔的信。伊莎贝尔和我，我们写的信很少。事实上，也没有什么写信的需要，因为我们并未经历过长期的分离。信的抬头是塔夸伦博，1935年10月17日。面对那细瘦的字体时——它们有形状优美的长长笔画，我感觉有些奇怪，在这笔迹中可以认出一个人，还有一个时代。很明显，这些字并不是用自来水笔写的，而是用那种古典钢笔——一让它们写字就知道哑声抱怨，直到在笔尖周围吐出几乎隐形的紫罗兰色墨汁。我得把这封信誊在这个本子上。我必须这么做，因为它是我自己的一部分，我不可交换的历史的一部分。它是在非常特殊的情况下写给我的，而且，重读它令我的注意力有点涣散，令我对一些事情产生了怀疑，甚至可以说令我动容。信里这样说：

"我亲爱的：我到这儿已经三个星期了。请翻译这句话：我已经独自睡了三个星期。你不觉得这很可怕吗？你知道有时我在夜里醒来，有绝对的触摸你、感觉你在我身边的需要。我不知道你有什么令人宽慰之处，但知道你在我身边，会让我在半梦半醒中感到自己处于你的保护之下。现在我会做可怕的噩梦，但我的噩梦中没有怪物。只是梦见孤身一人躺在床上，没有你。而当我醒来驱赶噩梦时，我真的孤身一人躺在床上，没有你。唯一的区别是在梦里我不能哭，而当我醒来时，我会哭。为什么我会这样？我知道你在蒙得维的亚，知道你会照顾自己，知道你会想我。你真的会想我吧？埃斯特班和小姑娘都很好，尽管你知道苏尔玛婶婶太宠他们了。做好准备吧，等我们回来，小姑娘会让我们几夜没法睡觉。看在上帝的分上，这些夜晚什么时候才会到来？我有个消息，你知道吗？我又怀孕了。告诉你这件事而你却不能吻我，这真可怕。还是说对你来说没有那么可怕？他会是个男孩，我们会叫他哈伊梅。我喜欢以字母'J'开头的名字。不知道为什么，但这次我有点害怕。如果我死了呢？快回答我不会，告诉我我不会死。你想过如果我死了你要怎么办吗？你很勇敢，会知道如何保护自己；而且，你会马上找到另一个女人，我现在已经极其嫉妒她了。你看到我有多么神经衰弱了吗？因为没有你在这儿，或者你没有我在那儿——都是一样的——对我坏处很大。你别笑；你总是笑所有事情，连一点都不好笑的时候也是。你别笑，别使坏。给我写信，告诉我我不会死。就算是变成冤魂我也不会停止想念你。啊，在我忘记之前：打电话给玛鲁哈，提醒她22号是朵拉的生日。代我和朵拉问候她。家里很脏吗？西莉亚推荐给我的姑娘去打扫了吗？你小心点，别总是看她，听见了吗？苏尔玛婶婶很高兴孩子们在这里。而爱德华多叔叔，我就什么都不跟你说了……他俩给我讲了你的伟大故事，你十岁时来这儿过假期时的事。看起来对所有问题的答案让你出了名。一个好小伙，爱德华多叔叔说。我相信你仍旧是个好小伙，尽管你从办公室回来的时候很疲惫，眼睛里有一点不满，还用轻率的态度对待我，有时也带着愤怒。但晚上我们过得很好，不是吗？已经下了三天雨了。我坐在客厅的阳台旁边，望着街道。但街上连一个灵魂也没有。孩子们睡觉的时候，我就去爱德华多叔叔的办公桌边，用《西班牙语美洲词典》来自娱自乐。我的文化和我的无聊都以肉眼可见的速度增长。会是男孩还是女孩呢？如果是个女孩的话，你可以选名字，只要不叫莱奥诺尔就行。可是不会。他会是个男孩，会叫哈伊梅，会有张像你一样的长脸，会非常丑，会在女人那里大受欢迎。你看，我喜欢孩子们，我非常爱他们，但我最喜欢的是他们是你的孩子。现在雨疯狂地打在石子路上。我要去玩五叠的那种纸牌接龙了，朵拉教我的那种，你还记得吗？如果我成功了，就说明我不会因为生产而死。爱你，爱你，爱你，你的伊莎贝尔。又及：成功了！万岁！"

在二十二年的距离之外，这种热情看起来多么脆弱。然而，它是正当的，是诚实的，是正确的。很有趣，重读这封信让我重新找回了伊莎贝尔的面孔，那张面孔，独立于我所有的遗忘之外，仍然在我的记忆之中。而我是从那些"你"[①]，那些"你能"，那些"你有"之中找到了它，因为伊莎贝尔从来不用美洲西班牙语的"你"[②]，而这并不是由于信念，只是单纯地出于习惯，又或许是因为癖好。我读着那些"你"，然后立即可以重构说出这个词的那张嘴。而在伊莎贝尔那里，嘴是她面容最重要的部分。这封信就像她本人：有点混乱，处于从

---

① 原文为"tú"，常用于西班牙的第二人称主格单数形式。后文的"你能""你有"原文分别为"puedes""tienes"，也是常用于西班牙的第二人称变位形式，区别于大部分乌拉圭人使用的"podés""tenés"。

② 原文为"vos"，常用于乌拉圭、阿根廷等拉丁美洲国家的第二人称单数形式。

乐观到悲观或相反过程的持续摇摆之中，永远在床笫之爱周围，充满恐惧，无法稳定。可怜的伊莎贝尔。孩子是男孩，取名哈伊梅，但产后没几个小时，她死于突发子痫。哈伊梅没有像我一样的长脸。他一点也不丑，但他在女人间的成功只是暂时的，而且并无用处。可怜的伊莎贝尔。她本来以为，纸牌接龙成功就能战胜命运，而她所做的却只是向命运挑衅。一切都那么遥远，那么遥远。连伊莎贝尔的丈夫，1935 年这封信的收件人也就是我本人，连那个人现在看来也很远，我不知道这是好是坏。"你别笑"，她对我说，又向我重申。确实如此：那时我笑得非常频繁，而我的笑声令她不悦。她不喜欢我笑起来时眼角形成的皱纹，也不觉得我笑的原因有什么好玩，也无法避免在我笑的时候觉察到自己的不快和攻击性。我们和其他人在一起时，我一笑，她就会用审查的目光看着我，这预示着之后两人独处时的责备："你别笑，拜托了，你那样很可怕。"她死后，笑容从我嘴边掉落了。有几乎一年的时间，我为三件事而精疲力竭：痛苦，工作和孩子们。之后平衡回来了，沉着回来了，平静也回来了。但笑声再也没有回来。好吧，有时我会笑，当然，但那是出于某种特别的原因，或者我有意识地想要笑，而这些情况都很少见。相反，那种几乎是习惯性的笑声，一种持久的状态，再也没有回来。有时我觉得很可惜，伊莎贝尔不在这里，看不到那么严肃的我；她本可以在我目前的严肃中获得不少享受。但或许，如果伊莎贝尔还在这里，和我在一起，我的笑声就不会被治愈。可怜的伊莎贝尔。现在我意识到以前我很少和她聊天。有时我不知道该聊什么；其实，我们之间没有太多共同话题，除了孩子、债权人、性之外。而关于最后一个主题，谈话也并非不可或缺。我们的夜晚已经相当有说服力。那是爱吗？我不确定。如果我们的婚姻不是在第五年就结束了的话，可能之后我们会发现那只是一种元素。或许用不了多久。但在那五年之中，它是一种让我们保持和睦的元素，非常和睦。现在，和阿贝雅内达在一起，性（对我来说，至少）是一种不再那么重要的元素，更为重要、更为根本的是我们的谈话，我们之间的契合。但我并没有失去理智。我相当清楚现在在自己四十九岁，而伊莎贝尔死时我二十八岁。更为确定的是，如果伊莎贝尔现在出现，1935年从塔夸伦博写信来的那一个伊莎贝尔，一个有着黑头发、流转的眼波、触手可及的胯部和完美的腿的伊莎贝尔，我会毫不犹豫地说"太遗憾了"，然后去找阿贝雅内达。

8月7日，星期三

面对成为副经理的可能性时，还有一个需要考虑的因素。如果阿贝雅内达没有进入我的生活，也许我还有犹豫不决的权利。我明白对有些人来说，闲暇可能是不幸的；我认识好几个退休的人，没有能力撑过例行公事的中断。但那是些逐渐变得冷酷、僵化的人，潜在地放弃了独立思考的人。我相信这不是我的情况。我仍然在独立思考。但尽管在独立思考，我也会不信任闲暇，如果闲暇只是孤独的一种变体的话；就像几个月前我的未来本来可能成为的那样，那时阿贝雅内达还没有出现。但她在我的存在中安顿了下来，已经不会再有孤独了。也就是说：但愿没有。我得更谦逊，更谦逊。不是在其他人面前，这不重要。谦逊得用在面对自己的时候，用在对自己坦白的时候，用在接近自己终极真理的时候——它可能比良知的声音更具有决定性，因为这真理忍受过痛苦，遭遇过意料之外的、常常无法被听到的暗哑。我知道现在我的孤独像一个可怕的幽灵，知道阿贝雅内达的在场本身就足以驱赶它，但我也知道它尚未死去，还在某个肮脏的地下室里，在我例行公事的外围积聚着力量。因此，只因为此，我放弃了自负，而仅仅允许自己说出：但愿吧。

8月8日，星期四

如释重负。我已经回答了不。经理满意地笑了，满意是因为我作为合作者并不讨他喜欢，也因为我的拒绝可以被他用于创造一种理由充分的追溯效力——大概早就编造好了——来反对我的升迁。"像我之前说的：一个没有未来的男人，一个不想奋斗的男人。我们需要一个活跃、有生命力、有进取心的家伙来担任这一职务，而不是一个疲沓的人。"这个拙劣、自负、自我中心的小游戏，他熟稔于心的恶心把戏，仿佛就在我眼前。事情告一段落。多么平静。

8月12日，星期一

昨天下午我们坐在桌边。什么也没做，甚至没有在聊天。我的手放在一个没有烟灰的烟灰缸上。我们很忧伤：那就是我们的状态，忧伤。但那是一种甜蜜的忧伤，近乎宁静。她看着我，忽然翕动嘴唇，说出了三个字。她说："我爱你。"那时，我才意识到这是她第一次对我说这句话；更重要的是，这是她第一次对一个人说这句话。伊莎贝尔会每夜对我重复这个句子二十次。对伊莎贝尔来说，重复它就像另一个亲吻，是爱情游戏中一个简单的手段。阿贝雅内达与之相反，只说了一次，必要的那一次。也许她不会再说了，因为这不是游戏，这是本质。那一刻我感到胸中有种强烈的压迫感，一种看起来没有任何身体器官受影响的压迫感，但几乎令人窒息，令人难以承受。在那儿，在胸中，离喉咙很近的地方，灵魂一定是在那里缩成了一团。"在这之前我没有和你说过，"她喃喃地说，"不是因为我不爱你，而是因为我不知道为什么爱你。现在我知道了。"我可以呼吸了，感觉那口气是从我的胃里升上来的。我总是能在别人解释事情的时候缓过气来。神秘面前的愉悦，对未知的享受，都是我微薄的力量有时无法承受的感觉。还好总会有人解释这些事情。"现在我知道了。我爱你不是因为你的脸，不是因为你的年龄，不是因为你的语言，也不是因为你的意图。我爱你，因为你是一个正直的人。"从未有人为我献上过如此动人、如此简单、如此令人振奋的判断。我想相信这是真的，想相信我是一个正直的人。也许这一刻是罕见的，但无论如何我觉得自己活着。胸中的那种压迫感意味着活着。

8 月 15 日，星期四

下周一我将开始我的最后一次休假。这将是伟大的终极闲暇之预演。哈伊梅仍然杳无音讯。

8 月 16 日，星期五

一个真正令人不适的突发事件。七点半的时候我和阿尼巴尔见了一面，在咖啡馆聊了一会儿之后，我们一起去乘电车。

这趟车他也可以坐，虽然得提早下车。我们聊着女人，婚姻，忠诚，等等。都是些非常宽泛、普遍的概念。我说话的声音非常小，因为我一向不相信人们在乘车时的听觉；但阿尼巴尔即使想窃窃私语，也会用洪钟般的气息淹没周围的空气。我不记得当时我们具体在谈论哪件事了。在他旁边的过道上，站着一个戴圆帽子的方脸老太婆。我注意到她在听阿尼巴尔说话，但由于他当时说的内容非常有教化作用，非常小资产阶级，非常大义凛然，我并没有特别担心。然而，当阿尼巴尔下车后，老太婆在我旁边的位置坐下，对我说的第一句话是："您别理那个魔鬼一样的家伙。"而在清晰地用语言表达惊愕之前，我说："您说什么？"于是老太婆继续说道："一个真正的魔鬼般的家伙。就是这样的人在摧毁家庭。啊，你们这些穿裤子的人。多么容易去指责女人！您看，我能向您保证，当一个女人迷失自己时，永远有个卑鄙、愚蠢、诋毁他人的男人，先让她失去了对自己的信念。"老太婆讲话时声音震天。所有脑袋都转了过来，想看看谁是这厉声斥责的对象。我感觉自己像只虫子。而老太婆还在继续："我是巴特列主义①者，但反对离婚。离婚是杀害家庭的凶手。您知道刚才和您做伴的那位魔鬼一样的家伙会有什么下场吗？啊，您不知道。我可知道。他的下场是监狱或自杀。而这有益无害。因为我认识一些该被活活烧死的

---

① 巴特列主义，为乌拉圭红党中的激进派别。

男人。"我眼前浮现出了阿尼巴尔在火堆上被烧焦的奇特景象。在那一刻我才缓过气来回答她："请您告诉我，夫人，您为什么不闭嘴呢？对于那个问题您又知道什么？那位先生刚才在说的恰恰与您以为的相反……"可老太婆依旧不为所动："您想想以前的家庭。那时真的有道德可言。傍晚您经过家家户户门前，能看到丈夫、妻子和孩子们坐在路边，每个人都理智、体面、有教养。那才是幸福，先生，而不是一直谈论女人迷失自我、女人误入歧途。因为在内心深处没有一个女人是坏人，您知道吗？"当她晃着食指朝我嚷嚷这些时，头上的帽子微微朝左边歪了过去。我承认，全家人坐在路边的理想幸福场景并没怎么感动我。"您不要理他，先生。您笑吧，这是您该做的事情。""那么，与其大发雷霆，您为什么不笑呢？"人们已经开始交头接耳了。老太婆有她所拥护的；我，有我的。当我说"我"的时候，我想说的是老太婆尽情辱骂的那个幽灵般的假想敌。"请您注意，我是巴特列主义者，但反对离婚。"于是，在她重新开始那可憎的循环之前，我说了借过，下了车，在我的目的地十夸德拉之前。

8月17日，星期六

今天早上我和两个董事会成员谈了谈。没什么重要的事情，然而他们达到了目的，让我明白了他们对我抱有一种亲切、理解的蔑视态度。我想象，当他们懒洋洋地坐在董事会大厅松软的扶手椅上时，一定觉得自己几乎是全能的，至少那么接近奥林匹斯山上的众神，以至于感受不到自己肮脏、黑暗的灵魂。他们到达了顶峰。对一个足球运动员来说，顶峰意味着有一天进入国家队；对一个神秘主义者来说，意味着终有一日与他的上帝交流；对一个善感的人来说，意味着在另一个人身上找到他情感的真正回响。相反，对这些可怜的人来说，顶峰就是能够坐在董事会的扶手椅上，体验一些人的命运掌握在自己手中的感觉（这一感觉对另一些人来说如此不愉快），幻想自己能解决问题，能发号施令，能成为重要人物。然而今天，当我看着他们的时候，无法找到某个人的脸，而只能看到某件东西的脸。我觉得他们是东西，不是人。但在他们看来我又像什么呢？一个白痴，一个无能的人，一个胆敢拒绝奥林匹斯山所赐予职位的意志薄弱者。有一次，很多年前，我听到过他们中最年长的一个说："有些商人最大的错误，就在于将他们的职员当作人类来对待。"我从来没有也永远不会忘记这句话，单纯地因为我无法原谅它。不仅是代表我自己，而是代表全人类。现在我感到了一种强烈的诱惑，想把这句话掉转过来，然后这样想："有些职工最大的错误，在于将他们的上司当作人类来看待。"但我抵御住了这一诱惑。他们是人。他们不像人，但确实是人。这些人值得一种带着恨意的怜悯，所有怜悯中最具羞辱性的那一种，因为事实是他们由骄傲的外壳、令人作呕的姿态和坚不可摧的虚伪组成，但内心深处是空的。恶心，空空如也。而且他们患有孤独所有变种中最可怕的那一种：那种孤独，是连自己都不再拥有。

8月18日，星期天

"给我讲讲伊莎贝尔的事。"阿贝雅内达这一点很好：她让人发现新事物，让人更好地认识自己。当一个人过久地处于孤独状态，多年来没有过令人振奋、充满探究性的对话，来激励他将名为"清醒"的灵魂那谦逊的文明带到本能最为错综复杂的区域，带到那些真正未经开垦的处女地——关于欲望，关于情感，关于厌恶；当那种孤独变成了惯例，一个人会渐渐残酷地失去保持坦然和坚定的能力，失去感到自己活着的能力。但阿贝雅内达出现了，她会提出问题，而在她向我提出的问题之上，我会向自己提出更多的问题，然后是的，现在是的，我感到自己活着，坦然而坚定。"给我讲讲伊莎贝尔的事"是一个天真、简单的请求，然而……伊莎贝尔的事是我的事，或曾经是我的事；在伊莎贝尔时期，那些事情就是曾经的我。多么不成熟啊，我的上帝。在伊莎贝尔出现时，我不知道自己想要什么，也不知道在她或者自己身上期望着什么。那时没有办法比较，因为尚且没有标准来辨别何时是幸福，何时是不幸。好时光让幸福的定义在那之后逐渐形成，坏时辰则用于创造不幸的方程。这也可以叫作满不在乎、随心所欲，但随心所欲会通往多少深渊啊。我运气不错，在这一切之中。伊莎贝尔很善良，我也不愚蠢。我们的结合从来都不复杂。但是，如果时间最终消磨掉了处于威胁之中的性吸引力，又会发生什么？"给我讲讲伊莎贝尔的事"是一个对真诚的邀请。我知道我将冒的风险。追溯性的嫉妒（因为她没有怨恨的能力，因为她缺乏挑战，因为她不可能参与竞争）残酷得可怕。可是，我选择了真诚。我讲了伊莎贝尔的事，那些真正属于她的事情。它们也属于我。我没有编造一个能让我在阿贝雅内达面前炫耀自己的伊莎贝尔。我有过那样做的冲动。当然，人总是喜欢让自己显得不错，而在显得不错之后，还喜欢在爱的人面前，同时也是在努力想要为之所爱的人面前显得自己更好。我没有编造她，首先，因为我相信阿贝雅内达配得上真相；其次，因为我也是一个体面人，因为我对隐瞒感到疲倦（而在这一情况下疲倦已近乎一种恶心），对那种人们放在敏感老脸上的假面式的隐瞒而感到疲倦。因此，随着阿贝雅内达逐渐了解了伊莎贝尔曾经的样子，我也逐渐了解了过去的自己，这并没有让我感到惊讶。

8月19日，星期一

今天我开始了最后一次休假。一整天都在下雨。一下午我都待在公寓里，换了两个电源插座，给小衣柜刷了漆，洗了两件尼龙衬衫。七点半阿贝雅内达来了，但只待到了八点。她得去参加一个姑妈的生日会。她说，作为我的替代者，穆纽兹令人难以忍受地跋扈、爱卖弄。他已经跟罗布雷多有了过节。

8月20日，星期二

哈伊梅离家出走已经一个月了。无论我是否去想，这个问题都确实会永远伴随我。如果我能跟他谈一次就好了！

8月21日，星期三

我留在家里，不知道有多少个小时都在阅读，但只看了杂志。我不想再这样了。这让我有一种时间被浪费了的可怕感觉，就像是愚蠢麻醉了我的头脑。

8月22日，星期四

不去办公室让我感觉有点奇怪。但有这样的感觉也许是因为我意识到这还不是真正的闲暇，而只是一种术语上的闲暇，被重返办公室所威胁着。

8月23日，星期五

我想给她一个惊喜。我去了离办公室一夸德拉的地方等她。七点五分时我看到她走了过来。但她是和罗布雷多一起过来的。我不知道罗布雷多跟她说了什么；事实是她笑个不停，真的乐不可支。罗布雷多什么时候变得这么好笑了？我钻进一家咖啡馆，等他们过去，然后开始在三十步开外跟着他们。一到安第斯路他们就分别了。她转了个弯往圣何塞路走去。她要去公寓，当然。我走进一家脏兮兮的小咖啡馆，在那儿他们给我端来一杯杯子上还沾着口红印的加奶浓缩咖啡。我当时气喘吁吁，紧张，无法平静。特别是，在生自己的气。阿贝雅内达和罗布雷多一起哈哈大笑。这有什么不好？阿贝雅内达在一段不仅仅是办公室关系的简单人际关系之中，和一个不是我的家伙。阿贝雅内达和一个年轻男人、一个她的同代人走在街上，而不是一个像我这样的饼干粥。远离我的阿贝雅内达，独自生活的阿贝雅内达。当然这一切都没什么不好，但那可怕的感觉大概来自这是第一次，我有意识地隐约看到了一种可能性：阿贝雅内达可以存在，可以自由自在，可以笑，我的保护（我们还是别说我的爱了）对她来说并非不可或缺。我知道她和罗布雷多之间的谈话是纯洁的。又或许不是。因为罗布雷多不会知道她不自由。写下这句话时我觉得自己真愚蠢，真做作，真因循守旧："她不自由。"对什么来说自由？难道我不安的本质只是为了证明这一点，除此之外什么也没有：她和年轻人在一起可以非常自在，特别是和年轻男人在一起时。还有另一件事：我看到的这一切毫无意义，但相反我隐约看到的则很多，我隐约看到的是失去一切的风险。罗布雷多不重要。实际上他是一个永远都不会令她感兴趣的凉薄之人。除非我完全不了解她。话说，我会了解她吗？罗布雷多不重要。但别人呢？这个世界上的所有别人？如果一个年轻男人可以让她笑，有多少别的人可以令她坠入爱河？如果有一天她失去我（她唯一的敌人是死亡，那监视着我们所有人的邪恶的死亡），她还有全部的人生，还有时间在手中，还有她的心灵——永远是新的，慷慨，闪闪发光。但如果有一天我失去她（我唯一的敌人是男人，世界所有角落里的男人，年轻强壮又负责任的男人），我将会随之失去最后一次生活的机会，失去时间的最后一声叹息，因为如果说现在我的心灵慷慨、欢乐、焕然一新，如果没有她，它会再次成为一颗彻底衰老的心脏。

我付了那杯没动过的咖啡的钱，朝公寓的方向走去。我随身带着一种沉默的、令人羞愧的恐惧，尤其是因为我事先便知道，即使她什么都不说，我也不会去调查不会去追问更不会去责备。我要做的仅仅是吞下这种苦涩，并——这是确定无疑的——开始一段有小风暴却不会溺水的时期。我对我的灰色时期有一种特别的不信任。我觉得在拿钥匙开锁时我的手在抖。"你怎么回来得这么晚？"她在厨房里大声问，"我正等着给你讲罗布雷多最新的疯狂事，这家伙！我有好几年没笑成这样了。"然后她出现在客厅里，和她的围裙，她的绿裙子，她的黑毛衣，她干净、温暖、真诚的眼睛一起。她永远不会知道这些话在拯救我。我揽过她，当我抱着她，当我透过羊毛另一种普遍的气味呼吸着她肩上那温柔的动物气息时，我感到世界重新开始转动，感到能将那遥远的、仍然无名的未来——那叫作"阿贝雅内达和其他人"的确切威胁——再次置于脑后。"阿贝雅内达和我。"我慢慢地说。她没有明白这几个字出现在此刻的原因，但某种幽暗的直觉让她明白，有什么重要的事情正在发生。她稍微和我分开了一点，但并未放开我，要求道："来，你再说一次。""阿贝雅内达和我。"我驯服地重复道。现在我独自一人，回到家中，已经将近凌晨两点了。时不时地，仅仅是因为这会给我力量，令我感到舒适，让我能够确信，我会继续重复："阿贝雅内达和我。"

8月24日, 星期六

我很少会想到上帝。然而，我有一颗宗教的内心，一种宗教性的焦虑。我想说服自己其实我拥有一种上帝的定义，一个上帝的概念。但我并没有这样的东西。我想到上帝的时候很少，仅仅是因为这个问题大大地超出了我的能力，以至于会在我身上引起某种恐慌，某种我的清醒神志和我的理性的总溃败。"上帝是全部。"阿贝雅内达说。"上帝是一切的本质，"阿尼贝尔说，"让一切保持平衡，处于和谐之中。上帝是伟大的一致。"我能够理解这一个或那一个定义，但无论是这一个还是那一个都不是我的定义。可能他们是正确的，但那不是我需要的上帝。我需要一个可以与之对话的上帝，一个可以在其身上寻求保护的上帝，一个在我质疑祂、用我的疑问扫射祂时会予以应答的上帝。如果上帝是全部，是伟大的一致，如果上帝只是令宇宙运转的能量，是如此不可度量的无尽，那么我，一个跟跄着爬到祂王国中一只无足轻重的虱子身上的原子，又有什么可令祂在乎的呢？我不在乎成为祂王国中最后一只虱子身上的原子，但我在乎上帝是否在我能力可及的范围之内，抓住祂对我来说很重要，不是用我的双手，当然，甚至也不是用我的理性。我在乎的是抓住祂，用我的心。

8月25日，星期天

她给我带来了照片，关于她的童年，她的家庭，她的世界。这是爱的证明，果真是这样吧？她曾经是一个瘦瘦的、眼神有些惊慌、留着深色直发的小生灵。独生女。我也是独生子。而这并不容易，最终会让人觉得孑然无依。有一张惹人喜爱的照片，她和一只巨大的警犬一起出现，那只动物用保护者的神气望着她。我可以想象，所有人大概都产生过保护她的欲望。然而，她并没有那么脆弱，而且相当确定自己想要什么。而且，我喜欢她的确定。她确定工作令她窒息，确定她永远不会自杀，确定马克思主义是一个严重的错误，确定她喜欢我，确定死亡不是一切的终结，确定她的父母很优秀，确定上帝存在，确定信任的人永远不会令她失望。我无法做到这样笃定。但这一切最好的地方就在于她不会犯错。她的确定甚至能帮她吓倒命运。有一张她和父母在一起的照片，那时她十二岁。基于那个形象，我也打起精神建构了自己对于那对罕见、和睦、与众不同的夫妻的印象。她是个线条柔和的女人，秀气的鼻子，黑发，皮肤非常白皙，左侧脸颊上有两颗痣。她的眼睛很宁静，也许太宁静了；或许无法全情投入到自身所参与的演出和所看到的生活之中，但我觉得它们能看懂一切。他是个高大的男人，肩有点窄，在那时已经被秃顶殃及，嘴唇非常薄，还有个很尖但毫无攻击性的下巴。我很在意人们的眼睛。他俩的眼睛里有些许失衡的成分。当然不是由于精神狂乱，而是由于疏离感。那是对世界感到惊奇的人的眼睛，仅仅因为他们自己也置身其间。两人都是（在他们脸上就可以看出来）好人，但与他的善良相比，我更喜欢她的。父亲是一个优秀的男人，但无力与世界沟通，因此无从得知他与世界建立起交流的那一天会发生什么。"他们是相爱的，这点我很肯定，"阿贝雅内达说，"但我不知道那是不是我喜欢的相爱的方式。"她随着疑问点了点头，之后又鼓起勇气补充道："有一系列和感情相关的区域，它们彼此相邻，近似，容易混淆。爱情，信任，怜悯，同志情谊，柔情；我从来都不知道爸爸和妈妈的关系发生在这些区域中的哪一个。这是非常难定义的感情，我不认为他们自己定义过它。我在和妈妈的谈话中触及过这个话题。她认为在与我父亲的关系中，有过多的宁静，过多的平衡，以至于爱情无法真正存在。那种宁静，那种平衡，也可以称为激情的缺失，如果他们有什么互相指责之处，也许会变得让人无法忍受。但没有指责，连指责的理由都没有。他们知道对方善良，诚实，慷慨。他们也知道，尽管这一切确实非常难得，但依旧不意味着爱情，甚至不意味着他们会在那火焰中燃烧。他们不会燃烧，而那将他们连接在一起的事物会更为长久。""那你我之间发生的是什么？我们在燃烧吗？"我问道，但那一刻她走神了，她的目光看起来也像一个对世界感到惊奇的人，仅仅因为自己置身其间。

8月26日，星期一

我告诉了埃斯特班。布兰卡去和迭戈吃午饭了，因此中午只有我们两个人。当我得知他已知道此事时，长舒了一口气。哈伊梅告诉了他。"你看，爸爸，我不能完全明白，也不认为你和一个比自己小那么多的姑娘在一起是最好的选择。但有一件事是真的：我不敢评判你。我知道当人置身局外看事情时，当人不觉得这些事复杂时，宣称什么是好什么是坏是非常容易的。但如果一个人深陷问题之中（而我经历过很多次），事情会发生变化，强度会截然不同，会出现很深的执念、无可避免的牺牲和放弃，这都会令旁观者觉得无法解释。我真希望你过得好，不是表面上的好，而是真正的好。真希望你能感到自己同时是保护者和被保护者，这是人类能够享有的最令人愉快的感觉之一。我已经不太记得妈妈了。事实上，那是一个被强加了许多印象和他人回忆的真实形象。我已经不知道这些回忆中有哪些是只属于我的。也许只有一个：她在卧室里梳头，她长长的深色头发落在背上。你已经看到了，我不太记得妈妈了。但随着时间的推移，我渐渐习惯了将她视为某种理想的、无法接近的、几乎是天上的存在。她那么美丽。真的是这样吧？我明白，也许我头脑中的形象和妈妈过去真实的样子没有太多关系。然而，对我来说她就是这样存在的。因此当他告诉我你和一个小姑娘在一起时，我受到了一点冲击。我受到了一点冲击，但我接受了，因为我知道你一直很孤独。而现在我更能意识到这一点，因为我见证了这个过程，看到你重新活了过来。所以我不会评判你，我不能评判你；正相反，我非常希望你的选择是正确的，希望你尽可能地接近好运。"

8月27日，星期二

寒冷，阳光。冬日的阳光，是最亲切、最仁慈的。我去了马得利斯广场，在一张长椅上坐下，然后在鸽子粪上打开了一张报纸。在我对面，一个市政工人正在清理草坪。他不慌不忙地做事，仿佛已经超越了所有的冲动。如果我是一个正在清理草坪的市政工人，会感受到什么？不，那不是我的志愿。如果我能选择与现在不同的职业，选择一种与我花费了三十年时间的例行公事不同的例行公事，那么我会选择做咖啡馆的服务生。我会成为一个活跃、好记性的模范服务生。为了不忘记任何人的点单，我会去寻求脑力的支撑。总是和新面孔工作，自由地跟一个今天来点一杯咖啡就再也不会在这里出现的家伙聊天，这一定棒极了。人们是美好的，有趣的，充满潜能的。和人而不是数字、账簿、工资表工作，应该很神奇。就算我去旅行，就算我离开这里，有机会为不同的风景、名胜、道路、艺术品而感到惊奇，也不会有任何东西像人那样使我着迷；看着人们经过并观察他们的面孔，在此处和彼处辨别出欢乐和苦涩的姿态，看他们如何加快步伐朝着命运走去，以无法满足的动荡，以闪闪发光的匆忙，然后意识到他们如何前进，对自己的短暂、自己的无足轻重、自己毫无保留的生活一无所知，从不畏惧，从不承认自己惊慌失措。我相信，在当下这一刻之前，我从来未曾意识到马得利斯广场的存在。我大概曾一千次穿过这里，也许还骂过许多次为了绕过喷泉要兜的圈子。我以前见到过这个广场，我当然见过它，但我从未停下来观察它，感受它，提炼并辨认出它的性格。有好一会儿，我欣赏着教士委员会坚实得具有攻击性的灵魂，大教堂虚伪地洗过的脸，气馁地点着头的树木。我想在那一刻，我终于确认了一种信念：我属于这个地方，这座城市。在这方面（可能仅仅在这方面）我相信自己应该是个宿命论者。每个人都只是地球上一个地方的人，应该在那里付清自己的账单。我属于这里。在这里付我的账单。那个路过的人（那个身穿长大衣、招风耳、怒气冲冲的跛子），就是我的同类。他仍然无视我的存在，但有一天他会看到我，迎面、从侧面或者背面看到我，然后感到我们之间有某种秘密，有一条隐秘的纽带将我们联系在一起，给我们力量，令我们互相理解。或许这一天永远不会到来，或许他永远都不会注意这个广场，注意那令我们成为彼此、令我们彼此相配、使我们相通的空气。但这不重要；无论如何，他是我的同类。

8月28日，星期三

我的假期只剩四天了。我不想念办公室。我想念阿贝雅内达。今天我去了电影院，独自一人。我看了场西部片。看到一半时，我还兴致盎然；但从那儿开始，我为自己，为自己的耐心而感到厌倦。

8月29日，星期四

我请求阿贝雅内达缺勤一天。我，她的上司，为她授权就够了。她一整天都在公寓里，和我在一起。我能想象穆纽兹的斥责，部门里少了两个人，所有责任都落在了他肩上。我不止能想象，也可以理解。但我不在乎。我已经到了这样的年纪，时间无论是看起来还是实际上都无法挽回。我得绝望地抓住这前来寻找我而且找到了我的合理的幸福。因此我无法变得宽宏大量，变得慷慨，无法在自己的担忧面前去优先考虑穆纽兹的担忧。生命流逝，现在就在流逝，而我不能忍受那种逃离、结束、终结的感觉。和阿贝雅内达在一起的这一天不是永恒，而只是一日，一个可怜、卑微、有限的日子，是我们所有人，从上帝到人间，被判定可以拥有的时间。它不是永恒，但却是瞬间，而且说到底，是永恒真正的替代品。因此我必须握紧拳头，必须毫无保留、不计未来地消耗掉这种完满。或许之后最终的闲暇——有保证的闲暇——会到来，或许之后会有许多像今天一样的日子，而届时回想起这种紧迫感，这种迫不及待，会觉得这是一种荒谬的耗损。或许，只是或许。但在这与此同时之中有释然，有如其所是、此时此刻的保证。

天气很冷。阿贝雅内达一整天都穿着毛衣和长裤。这样绾着头发，让她看起来像个少年。我对她说她有张报童的脸。但她没怎么注意我。她正忙着想占星的事。一年前，有人给她看了星盘，并为她预卜了未来。看起来，在这个未来中有她现在的工作，而且，特别是，也有我。"成熟的男人，非常善良，有些郁郁寡欢，但很聪明。"怎么样？那就是我。"你怎么想？你觉得这样就可以预测未来吗？""我不知道这样是不是可以，但无论如何我都觉得这是个陷阱。我不想知道在我身上会发生什么。这会很可怕。你能想象如果一个人知道自己什么时候死的话，生活会有多么恐怖吗？""我希望知道自己什么时候死。如果可能知道具体的死亡日期，就可以调整生活的节奏，根据剩余的时间决定更多地还是更少地消耗自我。"这种念头让我觉得十分怪异。但预言说阿贝雅内达会有两到三个孩子，会很幸福，但会守寡（噢），将在八十几岁时死于循环系统疾病。阿贝雅内达很在意那两三个孩子。"你想要孩子吗？""我不太确定。"她意识到我的回答很有分寸，但当她看着我的时候，我知道她想有孩子，至少想有一个。"你别伤心，"我说，"如果你伤心的话，我可有本事预定双胞胎。"她知道我怎么想，因此而痛苦，并紧紧地抓住了预言。"那你不在乎守寡吗，尽管是秘密的守寡？""我不在乎，我还没相信到那个程度。我知道你是坚不可摧的，那些预言只是从你身边经过，不会去碰你。"她只是个爬到沙发上的小姑娘，盘着腿，鼻尖因为天冷而泛红了。

8 月 30 日，星期五

休假期间，我每天都写日记。回去工作让我觉得是在爬坡。对我的退休来说，这次休假是一道很好的开胃小菜。布兰卡今天收到了一封哈伊梅的信，粗暴又心怀怨恨。给我的那段是这么说的："告诉老爸我所有的爱情都是柏拉图式的，所以，如果我这个淫秽的人出现在了他的噩梦里，他大可以转过身去，平静地呼吸。目前是这样。"有太多的恨积聚在一起，让这封信看起来并不真实。最终我会认为这个儿子有点爱我。

8月31日，星期六

阿贝雅内达和布兰卡在背着我见面。布兰卡不小心说漏了嘴，然后一切被发现了。"我们不想告诉你，因为我们都正在了解很多关于你的事。"起初我觉得这是个悲惨的玩笑，之后却被感动了。我无法可想，只好想象两个姑娘在交换彼此关于那个简单的家伙也就是我的不完整影像。一种拼图。这其中有好奇，当然，但也有爱。而阿贝雅内达看起来很有负罪感，她跟我道了歉，说了大概一百遍布兰卡太好了。我很高兴她们是朋友，为了我，通过我，由于我，但有时我无可避免地感到这有点多余了。实际上，我是一个正在占用两个姑娘时间的老资格。

9月1日，星期天

好日子结束了。明天又要去办公室了。我一想到销售部的工资单，想到橡皮，想到书信备查簿，想到支票簿，想到经理的声音，就觉得反胃。

9月2日，星期一

他们像迎接救世主一样迎接了我：带着所有尚未解决的问题。看起来来了个监察员，抓住某件微不足道的事大做文章。穆纽兹，可怜的人，被一杯水给淹死了。我觉得桑蒂尼比平常更娘娘腔了。他对我做了几次相当违背常情的鬼脸。这家伙也是柏拉图式的吗？据说，由于我的拒绝，他们会从另一家公司调个副经理过来。马丁内斯简直要咆哮了。今天巴尔贝尔德来了，这是风暴之后的第一次。他扭屁股的那种热情配得上更好的理由。

9月3日，星期二

第一次，阿贝雅内达和我提起了前男友。他叫恩里克·阿瓦罗斯，在市政府工作。他们的恋爱关系只维持了一年。确切地说，从去年四月到今年四月。"他是个好人。我仍然很欣赏他，但……"我意识到自己一直害怕这个解释，但也意识到我最大的恐惧是它不会到来。既然她敢于提起，说明这个话题对她来说已经不那么重要了。无论如何，我的全部感官都在等待这个"但是"，在我听来这个词如同仙音。因为男朋友有过他的优势（他的年龄、他的外表、他先到一步这一简单的事实），也许他不懂该如何发挥这些优势。从这个"但是"起，我的优势开始了，而我确实已经准备好发挥自己的优势，也就是说，瓦解可怜的恩里克·阿瓦罗斯的基础。经验教会我，在一个女人摇摆不定的心中击败对手最有效的方法之一，是对这个对手赞不绝口，是显得如此通情达理，如此高贵宽容，以至于连自己都觉得感动。"真的，我仍然欣赏他，但我肯定和他在一起我连一般程度的快乐都达不到。""话说，你为什么这么确定？你不是说他是个好人吗？""当然是。但他做不到。可我没办法将他非常凉薄而我非常深刻归咎于他，因为如果一点凉薄就会困扰我，说明我并没有多么深刻；他也并没有那么凉薄，因为真正深刻的情感也会感动他。困难在于其他方面。我想最令人无计可施的障碍，在于我们感到没有能力与对方沟通。他激怒我，我也激怒他。也许他爱我，谁知道呢？但在伤害我这方面，他确实有种特殊的能力。"太好了。我得做出很大的努力，才能阻止满足感令两颊鼓胀，才能摆出那种真正对一切结束于一种挫败感感到惋惜的表情。我甚至有勇气为我的敌人辩护："那你有没有想过，会不会自己也有一点错？也许，他伤害了你，因为你总是在等待他伤害你。永远在生活中处于守势，肯定不是改善双方相处方式最有效的方法。"然后她露出了微笑，只是说："和你在一起我不需要在生活中处于守势。我觉得自己很快乐。"而这已经超出了我自控和掩饰的能力。满足感从我的每个毛孔中溢出来，我的微笑从一只耳朵到达了另一只耳朵，而现在我不再在乎致力于永远地毁灭可怜的恩里克——一个美好的失败者——仅存的声望了。

9月4日，星期三

穆纽兹、罗布雷多、门德斯，都不懈地告诉我阿贝雅内达在我休假期间工作做得有多好，展示出了她是一个多么好的同事。怎么了？阿贝雅内达这些天做了什么，让这些麻木不仁的人如此激动？连经理也把我叫了过去，在说其他事情的时候，在我面前说出了这句漫不经心的话："您部门的那个姑娘怎么样？关于她的工作，我收到了很正面的报告。"我表示了节制的赞赏，用世上最常规的语气。但那螃蟹又补充了一句："您知道我为什么问您吗？因为也许我要把她带到这儿来，当秘书。"他机械地微笑，我也机械地微笑。在我的微笑之下，至少有一口袋的脏话。

9月5日，星期四

我相信在这方面我们的感受是一样的。我们有向对方讲述一切的迫切需要。我和她说话就像在跟自己说话；其实，比跟自己说话还要更好。仿佛阿贝雅内达参与了我的灵魂，仿佛她蜷缩在我灵魂的一个角落，等待着我的信任，呼唤着我的真诚。而她，她也对我讲述一切。如果是在以前，我知道我写下的会是："至少，我是这么认为的。"但现在我做不到，单纯地因为那不是真的。现在我知道她对我讲述一切。

9月6日，星期五

我在糕点店看到了比格纳雷，他藏在最里面一张非常隐蔽的桌边，和一个相当显眼的小姑娘在一起。他用一个明显的手势和我打了招呼，就像是为了向我确认他已经大规模地投入了婚外情。就这样，远处的那对情侣让我觉得有点可怜。忽然我发现自己在想："那我呢？"当然，比格纳雷是个恶心、浮夸、没教养的家伙……但是，那我呢？对于一个在远处旁观的人来说，我又是什么？我很少和阿贝雅内达一起出门。我们的生活发生在办公室和公寓里。恐怕我对和她一起出门的抗拒，首先是出于对在他人的目光下显得不得体的恐惧。不，不是这样的。有一刻比格纳雷在和服务生说话，那姑娘向他投去了冷酷、鄙夷的目光。阿贝雅内达不能这样看我。

9月7日，星期六

埃斯特班的朋友约我见面。我退休的事会在四个月内办妥，已是基本确定的事。这很有意思：离休息越近，办公室对我来说就越难以忍受。我知道只剩下四个月的销售条目、转回分录、收支平衡表、备忘录账户和公证声明了。但如果可以把这四个月降到零，我愿意付出一年的生命。好吧，往好的方面想，还是不要付出一年的生命了，因为现在我的生命中有阿贝雅内达。

9月8日，星期天

今天下午我们做了爱。我们已经做过那么多次，然而之前我并没有记录下来。但今天的感觉很奇妙。在我的生命中，无论是和伊莎贝尔还是任何其他人，我都从未感到过自己那么接近天堂。有时我想阿贝雅内达就像是嵌在我胸中的一枚楦子，令它逐渐扩大，为它提供适当的条件，让它每天都能感受到更多。事实是我以前不知道自己有这些温柔的储备。而我不在乎这是一个没有威信的词语。我有柔情，而且为此感到骄傲。连欲望都变得纯粹，连最彻底的关于性的行为都变得近乎无瑕。

但那种纯净不是假正经，不是矫揉造作，不是假装仅仅指向灵魂。那纯净是爱她的每一寸皮肤，是呼吸她的气味，是抚遍她腹部的每一个毛孔。是将欲望带到顶峰。

9月9日，星期一

销售部那边为一个姓梅嫩德斯的设下了一个无情的陷阱。那是个天真的小伙，极其迷信，跟桑蒂尼、西耶拉和阿贝雅内达同一批进的公司。事情是这样的，梅嫩德斯买了张明天开奖的全额彩票[1]。他说这次不会把彩票给任何人看，因为他有预感，如果不把彩票给人看，那个数字就会和大奖一起出现。但今天下午佩纳罗尔[2]的收款人来了，而梅嫩德斯在打开钱包付款时，把彩票在前台上搁了几秒钟。他本来没注意到，但罗萨斯，一个永远处于警惕状态的蠢货，记住了那个数字，并立即进行了一轮口头传播。他们为明天准备的玩笑如下：跟对面卖彩票的串通好，明天某一时间，把 15301 这个数字写在黑板上头奖那一栏。只写几分钟，之后就把它擦掉。卖彩票的相当喜

---

[1]　在西班牙和一些拉丁美洲国家，彩票奖池由固定的数字组合组成，由于每组固定数字的价值较高，所有会分拆出售。全额彩票是指一个人独家购买了一组固定数字，其他人将无法在同期彩票中购买到这组数字。

[2]　蒙得维的亚街区名。

欢这个笑话的创意，出人意料地同意合作。

9月10日，星期二

　　太可怕了。差一刻三点时，加伊索罗从街上回来，大声说："真他妈的烦人。我买1号一直买到了上周六，偏偏今天出来了。"从远处传来第一个设计好的问题："所以是以1结尾的？你还记得另外两个数字吗？""01。"这是心情不佳者的回答。于是贝尼亚在他的办公桌后面跳了起来："嚯，我买了301"，然后立刻朝坐在窗边工作的梅嫩德斯补了一句："快，梅嫩德斯，你去看一眼黑板。如果上面写着301，我就发了。"看起来梅嫩德斯是带着全部的慎重转过头去的，用尚且控制着自己别高兴得太早的那种家伙的态度。他看到了硕大清晰的数字15301，有一刻整个人动弹不得。我想在那一刻，他衡量了所有的可能性，也排除了所有的陷阱。除了他，没有人知道这个数字。但玩笑的路线本应在那里就结束了。计划原本是，在这一刻，所有人集体过去逗他。但没人预见到梅嫩德斯跳了起来，然后起身朝里间冲了过去。某个目击者的版本是，梅嫩德斯没敲门就闯进了经理办公室（当时后者正在接待一个美国公司的代表），几乎扑到了他身上，在对方尚未消化自己的惊讶之前，已经在他的秃顶上留下了一个响亮的吻。我——意识到这最后一个转折的时候已经迟了——在他后面钻进了经理办公室，抓住他的手臂，强行将他拖了出来。在那儿，在螺栓和活塞组成的收款机之间，在他因为一阵我永远不会忘记的触电般的大笑而颤抖时，我几乎是大喊着告诉了他名副其实的真相。这么做让我觉得糟透了，但没有别的办法。我从来没见过一个人以如此不可救药又如此突然的方式逐渐崩溃。他的腿弯了，张开了嘴就再也无法合上，而之后，仅仅是之后，他用右手遮住了眼睛。我让他坐在一把椅子上，走进经理办公室解释这一幕，但那个蠢货无法容忍美国代表见证了他的屈辱："您不用再费力解释一件不可信的事了。那个白痴被解雇了。"

这就是可怕之处：他真的被解雇了，而且永远被毁了。这五分钟的狂喜将无法抹去。其他人知道了这个消息后，成群结队地去找经理，但那只螃蟹不肯变通。这应该是我在办公室度过的许多年中最悲伤、最恶心、最令人抑郁的一天。然而，在最后一刻，残忍者的教友会做出了姿态：如果梅嫩德斯找不到其他工作，全体员工决定尽绵薄之力，凑齐他的工资并将其交给他。但有个障碍：梅嫩德斯不接受这一礼物或补偿或不管是叫什么的东西。他也不想跟办公室的任何人讲话。可怜的家伙。我也在为昨天没去提醒他而谴责自己。但没人想象得到他的反应会如此具有毁灭性。

9月11日，星期三

后天是我的生日，但她还是把她的礼物拿给我看了。她先给了我一只金表。小可怜。她大概花光了全部积蓄。然后，她有点害羞地打开了一个小盒子，向我展示了另一个礼物：一只长长的小海螺，有着完美的线条。"是我九岁那年从拉帕洛玛① 捡的。当时一阵浪打了过来，把它带到了我脚边，就像是大海的款待。我想那是我童年最快乐的瞬间。至少，这是最令我喜爱、最令我赞叹的物品。我希望你拥有它，希望你把它带在身边。你觉得荒谬吗？"

现在它就在我的掌心。我们会成为好朋友的。

9月12日，星期四

迭戈是个忧心忡忡的人，感谢他的影响，布兰卡也正在变成另一个忧心忡忡的人。今晚我跟他俩聊了很久。令他担忧的是国家，他的同代人，而在这两种抽象的深处，他的担忧叫作他们自己。迭戈想做反叛、积极、令人兴奋、有革新意义的事情；他还不太清楚是什么事。到目前为止他最为强烈的感受，

---

① 乌拉圭东南部城市。

178

是一种具有攻击性的反世俗，而这其中仍然缺乏一点连贯性。国人的冷漠，他们缺乏改变社会的推动力，他们民主的容忍度甚至可以容下营私舞弊，他们在欺骗面前粗鄙、乏善可陈的反应，这些都令他感到不幸。他觉得很可怕，比如，存在一份由十七个将写作当成爱好的社论撰写者组成的《晨报》，十七个领着年金的人，住在埃斯特角城①的度假房里，为反对那可怕的过量休息而慷慨陈词；十七个阔佬，用他们全部的聪明才智、全部的清醒神志，来为一个他们根本不相信的主题、他们内心深处认为并不公平的抨击填满巧舌如簧的信念。而左翼对自己肩负的重担——富裕资产阶级的本质、僵化的理想主义和微不足道的伪装虔诚——并未多加掩饰，这令他感到愤慨。"您看得到出路吗？"他问了又问，带着真诚、动人的焦虑。"就我本人来说，我看不到出路。有人明白正在发生什么，认为正在发生的事情很荒谬，但他们除了抱怨什么也没做。他们缺乏激情，这是我们所成为的庞大民主地球的秘密。在很多个五年间我们保持着平静、客观，但客观是无害的，不仅无法改变世界，就连我们这个袖珍国家都无法改变。需要激情，而且是大声疾呼的激情，要不用思想大声疾呼，要不用文字大声疾呼。得在人们耳边高喊，因为他们表面上的失聪是一种自我保护，一种懦弱而有害健康的自我保护。得争取对自身的羞愧感在他人心中醒来，让自我厌弃在他们身上取代自我保护。只有

---

① 乌拉圭东南部城市，位于大西洋沿岸，有"南美洲迈阿密"之称。

在乌拉圭人为自己的消极感到恶心的那一天，只有在那一天，他才会变成有用的人。"

9 月 13 日，星期五

今天我满五十岁了。也就是说，从今天开始我就满足退休的条件了。看起来，在这样的日子做收支平衡表就像是被判刑。但我一整年都在做收支平衡表。无论是纪念日，还是定期出现的欢乐和痛苦，都令我感到厌烦。比如，11 月 2 日①应该齐声为我们的死者痛哭，8 月 25 日②一看到国旗就心潮澎湃，我觉得这令人抑郁。是或者不是，日子不重要。

9 月 14 日，星期六

然而，昨天的日子并没有白白度过。今天，一天中有好几次，我想起了"五十岁"，然后我的灵魂便掉落在了脚边。我站在镜子前，没能避免对这个皱纹遍布、眼睛疲倦、一事无成

---

① 11 月 1 日是天主教国家的诸圣节，天主教会将其后的 11 月 2 日定为追思亡者的日子。

② 8 月 25 日为乌拉圭国庆节。

也不再会成就任何事的家伙感到一阵怜悯，一点同情。最具悲剧性的不是平庸并对这种平庸一无所知；最具悲剧性的是平庸并且自知如此，却无法与这一命运和解，而另一方面（这是最糟糕的），这命运又是极其公正的。那一刻，正当我在镜中看着自己时，阿贝雅内达的脑袋出现在了我的肩头。而那个遍布皱纹、一事无成也不再会成就任何事的家伙，他的眼睛被点亮了，然后在两个半小时的时间里，忘记了自己已经年满五十。

9月15日，星期天

她笑了。我问她："你能意识到五十岁意味着什么吗？"然后她笑了。但也许在内心深处，她意识到了一切，正将截然不同的东西放置在天平的托盘上。然而，她很善良，什么都没有对我说。她没有提起有个无可避免的瞬间会到来，到那时我会毫无欲望地看着她，她的手在我的手中将不再如同一阵电击，我将为她保存的是对侄女、对朋友的女儿们、对电影中最遥远的女明星所产生的那种柔软爱意，一种作为心理装饰品、却不再会伤害人也不会被伤害、不会制造疤痕也不会使心跳加速的爱意，一种驯服、宁静、无害的爱意，像是单调的上帝之爱的预演。到那时，我望着她时将无法再感到嫉妒，因为狂风暴雨的时代已经过去。当七十岁的晴空中出现一片云时，可以想见那是死亡之云。这大概是我在这本日记中写下的最做作、最荒唐的句子了。或许也是最真实的。为什么真实的事物总是有点做作？思想应该用于建造没有借口的尊严，不半途而废的克制和毫无保留的平衡，但那些借口，那些半途而废，那些保留，都躲藏在现实之中，而当我们到达那里时，它们会令我们丢盔弃甲，令我们泄气让步。要达到的目的越高尚，未达成的目的就显得越荒谬。我将望着她，却感觉不到对任何人的嫉妒；只有对自己的嫉妒，对今天这个嫉妒所有人的人感到嫉妒。我和阿贝雅内达还有我的五十岁一起出了门，在第十八路上与她散步，与我的五十岁散步。我想我没有碰到办公室的任何人。但比格纳雷的妻子、哈伊梅的一个朋友和她的两个亲戚看到了我们。而且（多么可怕的而且！）在第十八路和亚瓜龙路的转角，我碰见了伊莎贝尔的母亲。难以置信：我的脸和她的脸都已饱经沧桑，然而看到她时，我心中仍然会为之一震；实际上，比一震还要更多，那是瞬间的愤怒和无力感。一个不可战胜的女人，如此令人钦佩的不可战胜，令人不得不脱帽致敬。她跟我打了招呼——用二十年前一样具有攻击性的暗示，然后用一阵长久的打量在字面意义上裹住了阿贝雅内达，那目光既是诊断也是驱逐。阿贝雅内达感受到了那阵敲打，她攥紧了我的手臂，问我那是谁。"我岳母。"我说。而这是事实：我第一个也是唯一一个岳母。因为即使我和阿贝雅内达结婚，就算我从来都不是伊莎贝尔的丈夫，这个高个儿、有力、斩钉截铁的七十岁妇人，都会一直并永远是我普遍意义上的岳母，无可避免，命中注定，我的岳母直接来自那个但愿并不存在的可怕上帝，尽管我更希望祂不是来提醒我世界就是如此，提醒我世界有时也会停下来打量我们，用的也是这种诊断和驱逐的眼神。

9月16日，星期一

我们几乎是一起离开的办公室，但她不想去公寓。她感冒了。所以我们去了药房，我给她买了一瓶祛痰糖浆。之后我们拦了辆出租，我把她放在了离她家两夸德拉的地方。她不想冒险让父亲知道这件事。她走了几步，转过身来，用手向我打了一个快乐的招呼。其实，这一切并不特别重要。但在那手势里有亲近，有简单。而那一刻我感到舒适，我确定在她与我之间存在着一种沟通，也许无依无靠，却真实得令人平静。

9月17日，星期二

阿贝雅内达没来上班。

9月18日，星期三

桑蒂尼又来倾诉了。他既令人恶心又很好笑。他说妹妹已经不在他面前裸着上身跳舞了。他有男朋友了。

阿贝雅内达今天也没来。好像她母亲打电话来的时候我不在，因此她是跟穆纽兹请的假。她说女儿得了流感。

9月19日，星期四

今天我开始想念她了。在部门里大家聊起了她，我忽然觉得她没来这件事令我难以忍受。

9月20日，星期五

今天阿贝雅内达还是没有来。今天下午我在公寓时，在五分钟的时间里一切都变得清晰了起来。在这五分钟里，所有的犹疑都消失了：我要结婚。比我自己一直以来想到的所有理由更重要，比与她之间的所有对话更重要，比一切都更加重要的，是这缺席的价值。我多么习惯她，多么习惯她的在场。

9月21日，星期六

我把这个决定告诉了布兰卡，她很开心。我得告诉阿贝雅内达，我得告诉她，因为现在我确实找到了全部力量，全部信念。但今天她仍然没有来。

9月22日，星期天

她就不能给我打封电报吗？她禁止我去她家，但如果明天星期一她还不出现，无论如何我会找个借口去看她。

9月23日，星期一

我的上帝。我的上帝。我的上帝。我的上帝。我的上帝。我的上帝。我的上帝。

1月17日，星期五

已经快四个月了，我没有记下一个字。9月23日那天我没有勇气写下来。

9月23日，下午三点，电话响了。被员工、表格、询问围绕着，我拿起了听筒。一个男人的声音说："桑多梅先生？您好，我是劳拉的一个叔父。一个噩耗，先生。真是个噩耗。劳拉今天早晨去世了。"

最初的那个瞬间我不想听懂。劳拉谁也不是，不是阿贝雅内达。"去世了"，叔父的声音说。这个词真恶心。"去世了"意味着一道手续："一个噩耗，先生。"叔父说。他，知道什么？他怎么知道一个噩耗会如何摧毁未来和面容和触感和梦？他知道什么，啊？他只知道说"去世了"这种简单得令人难以忍受的东西。说不定他还耸着肩。而这也很恶心。正是因此，我犯了一个可怕的错误。我用左手把销售部的工资表捏成一团，右手将听筒靠近嘴边，然后慢慢地说："您为什么不去见鬼？"我记不清了。我觉得那个声音问了好几次："您说什么，先生？"但我同样说了好几次："您为什么不去见鬼？"于是他们把电话从我手中抢走了，和叔父通了话。我记得我大喊大叫，大声喘息，说了蠢话。我几乎不能呼吸。我觉得有人给我解开了领子，松开了领带。有个陌生的声音说"这是一种情感冲击"，而另一个声音，是我熟悉的，穆纽兹的声音，开始解释："她是他非常欣赏的职员。"在那团声音的星云里，也有桑蒂尼的抽泣，罗布雷多关于死亡之谜庸俗至极的解释，还有经理送花环过去的仪式性指示。最后，西耶拉和穆纽兹一起把我塞进一辆出租车里送回了家。

是布兰卡开的门，她吓坏了，但穆纽兹立刻安慰了她："您别担心，小姐，您的爸爸没有任何事。您知道发生了什么吗？一位同事去世了，他受到了很大的刺激。这可以理解，因为那是个再好不过的姑娘。"他也说了"去世了"。好吧，也许叔父、穆纽兹和其他人，说"去世"是得体的，因为这听起来那么荒谬，那么冰冷，离阿贝雅内达如此之远，无法伤害她，无法摧毁她。

然后，在家中，只有在我的房间里，连可怜的布兰卡都用她的沉默撤回了对我的安慰时，我才翕动嘴唇，为了说出"她死了，阿贝雅内达死了"，因为"死"才是恰当的词，"死"是生活的崩塌，"死"来自内心深处，带来痛苦的真正呼吸，"死"是消失，是冰冷和彻底的无，是单纯的深渊，深渊。那一刻，当我翕动嘴唇说出"她死了"，那一刻我看到了自己龌龊的孤独、所剩无几的残余部分。用我所拥有的全部自私，我想到了自己，还有如今即将到来的焦虑的修补。但同时，那也是想起她的最慷慨的方式，想象她的最完整的方式。因为直到9月23日下午三点钟，我拥有的阿贝雅内达比自己多得多。她已经开始进入我，变成我，像一条与大海融为一体的河，最终变得和海一样咸。因此，当我翕动嘴唇说出"她死了"的时候，我觉得自己被穿透了，被剥夺了，空空如也，一无是处。有人来过了，然后下令："剥去这家伙存在的五分之四。"于是

187

我被剥夺了。最糟的是，那仅剩的次品就是现在的我，我变成了我自己的五分之一，然而，我仍然有意识，知道这个人的贫乏，这个人的无意义。我只剩下我那美好目标、美好计划、美好意愿的五分之一，但我仅剩的五分之一的清醒，足以让我明白这全无用处。一切都结束了，很简单。我不想去她家，不想看到死去的她，因为那是一个不体面的劣势。我看得到她而她看不到我。我触碰她而她不能触碰我。我活着而她却没有。她是另一件事物，是最后一天，在那里我能够平等地对待她。是她下了出租车，拿着我刚给她买的药，是她走了几步然后转过身来，向我打了个手势。最后的，最后的，最后的手势。我哭了，我抓住了它。那天我写过，在那一刻我确信在她与我之间存在着一种沟通。但那确信只有在她存在的时候才存在。现在我翕动嘴唇说出"她死了，阿贝雅内达死了"，然后那确信便灰飞烟灭，确信是一种厚颜无耻、有失体面的东西，与此刻毫无关系。我又回到了办公室，当然，让那些议论穿透我，令我腐烂，让我厌烦。"她表姐告诉我本来是普通的流感，突然'咣当'一声，她的心脏就不行了。"我再次投入到工作中，处理事情，起草文件。我真是一个模范职员。有时穆纽兹或罗布雷多或桑蒂尼本人会走过来，想要开始一段唤起回忆的谈话，他们一般是这样铺垫的："想想这份工作以前是阿贝雅内达做的"，"您看，头儿，这个备注是阿贝雅内达写的"。于是我会移开视线，然后说："嗯，行了，人还是得继续活下去。"9月

23 日那天我赢得的分数，现在已经丢光了。我知道他们小声嘀咕说我是个自私的人，一个冷漠的人，他人的不幸不会影响我。我不在乎他们背地里说什么。他们是局外人。在阿贝雅内达和我所在的世界之外。在现在我所在的这个世界之外，我像英雄一样孤独，但没有任何感受到勇气的理由。

1月22日，星期三

有时我会和布兰卡谈起她。我不会哭，也并不感到绝望；只是单纯地谈起她。我知道那里有种回响。是布兰卡在哭，在感到绝望。她说她无法再相信上帝。上帝给了我机会又把它夺走，而她觉得自己无力相信一个残忍的上帝，有着包罗万象的残暴。然而，我并不那么充满怨恨。9月23日那天我不仅写下了许多遍"我的上帝"，我也说出了祂的名字，感觉到了祂的存在。那是生命中第一次，我觉得自己可以与祂对话。但在对话中，上帝扮演的是一个无力、犹疑的角色，好像并不是特别自信。也许我曾经处于感动祂的边缘。而且，我有种感觉，觉得曾有一个决定性的论点，这个论点就在我身边，就在我面前，尽管如此，我还是无法意识到这一点，无法将其用于自我辩护。因此，等我被赐予的这段说服祂的期限一过，等那犹豫不决和怯懦的迹象一过，上帝最终恢复了祂的力量。上帝重新变成了长久以来全能的否定。然而，我不能怨恨祂，不能不断重复我的恨意。我知道祂给了我机会，是我不懂得利用。也许有一天，我能抓住这唯一的、决定性的论点，但到那时我将变得萎靡不振，而当下则会显得更加萎靡不振。有时我觉得如果上帝能做到公平竞赛，也会给我可以用于反对祂的论点。但是没有。这不行。我不想要一个养活我的上帝，如果祂无法下定决心信任我，无法交出那把让我迟早可以返回自觉之中的钥匙；我不想要一个将一切既成现实赠送给我的上帝，就像兰布拉大街上那些成功的父亲会做的那样，他们和他们那爱摆阔的没用儿子都烂在了钱眼里。我真的不想这样。现在上帝和我之间的关系冷了下来。祂知道我没有能力说服祂。我知道祂是一种我未曾接近也永远无法接近的遥远的孤独。我们就这样，在各自的岸边，不互相怨恨，不彼此相爱，像两个陌生人。

1月24日，星期五

今天一整天，吃早餐的时候，工作的时候，吃午饭的时候，和穆纽兹吵架的时候，我都在为一个唯一的念头头晕目眩，这个念头被撕扯成了不同的疑问："她临死前在想什么？对那一刻的她来说我代表着什么？她有没有向我求救？有没有说出我的名字？"

190

1月26日，星期天

我第一次重读了我的日记，从2月到1月。我必须寻找所有属于她的时刻。她在2月27日出现。3月12日我写下："她说'桑多梅先生'时，总是呼扇着睫毛。她不是个美人。好吧，微笑时还过得去。聊胜于无。"我写下了这句话，关于她，我也曾这样想过。4月10日："阿贝雅内达有什么地方很吸引我。这很明显，但到底是什么？"话说，在那时是什么呢？我仍然不知道。她的眼睛，她的声音，她的腰，她的嘴，她的双手，她的笑容，她的疲倦，她的害羞，她的哭泣，她的直率，她的伤心，她的信任，她的温柔，她的梦，她的脚步，她的叹息，都曾经吸引我。但这些特质中没有一个足以彻底吸引我。每个吸引人之处都以另一个为依托。她作为一个整体吸引着我，像某种不可替代的迷人之处的总和，而那些迷人之处本身却是可以替代的。5月17日我对她说："我想我爱上您了。"而她回答说："我已经知道了。"我仍然在对自己这么说，仍然能听到她那么说，而这个当下会变得难以忍受。两天之后："我不懈寻找的是意见的一致，是在我的爱与您的自由之间的一种协定。"她回答说："我喜欢您。"这几个字给人带来的疼痛多么可怕。6月7日我吻了她，那天晚上我写道："明天我会想想。现在我很累。也许可以说：很快乐。但我又过于警惕，以

191

至于无法全然感到快乐。这警觉是面对我自己的，面对运气，面对那叫作明天的唯一触之可及的未来。警惕，也就是说：不信任。"然而，这种不信任对我来说又有什么用呢？难道我充分利用了它，以生活得更强烈、更热切、更毅然决然吗？并没有。之后我获得了某种安全感，以为如果一个人意识到自己在爱，而且是有回声、有反响的爱的话，便一切无虞。6月23日她和我谈起了她的父母，谈起了她母亲关于幸福的理论。也许我本应用这个美好的形象——这位理解人、原谅人的女性——来取代我那无情的普遍意义上的岳母。28日我生命中最重要的事情发生了。我，正是我本人，最终开始祈祷"但愿这能持久"，为了给上帝施压还敲了没有腿的木头。但事实证明上帝是廉洁的。7月6日我还能允许自己写下："忽然我意识到，这一刻，这日常的片段，是舒适的最高程度，是幸福。"但话音一落，我就用警觉踢了自己几脚："我敢肯定顶峰只有一秒钟，短暂的一秒钟，瞬间的光芒，没有延长的权利。"然而，我写下这句话时是虚伪的；现在我知道了。因为在内心深处我相信这会延续，相信顶峰不止是一个点，而是一片无垠的高原。但没有延续的权利，当然没有。之后我写下了关于"阿贝雅内达"这个词的那一段，写下了这个词语在当时拥有的全部意义。现在我想起"阿贝雅内达"，而这个词语意味着"她不在，再也不会在了"。我无能为力。

1月28日，星期二

在日记本中有那么多其他的内容，那么多其他的面孔：比格纳雷，阿尼巴尔，我的孩子们，伊莎贝尔。这一切都不重要，这一切都不存在。阿贝雅内达在的时候，我更好地理解了伊莎贝尔时代，更好地理解了伊莎贝尔本人。但现在她不在了，伊莎贝尔也消失在了一块厚重、黑暗的沮丧之幕后面。

1月31日，星期五

在办公室里我顽固地捍卫着我本质、真挚、深沉的生命（我的死亡）。没有人知道在我身上究竟发生了什么。我在9月23日的崩溃，对所有人来说，是一种可以解释的震荡，仅此而已。现在人们已经不再常常提起阿贝雅内达，而我也不会开始这个话题。我用我残余的力量捍卫她。

2月3日，星期一

她向我伸出手，这就够了。这足以让我感到自己是受欢迎的。比亲吻她更重要，比同床共枕更重要，比任何事情都更重要，她向我伸出了手，而这是爱。

2月6日，星期四

我那天晚上想到了一个主意，今天就实践了它。五点时我从办公室溜了出来。到 368 号并按下门铃之后，我觉得喉咙里痒痒的，开始咳嗽。

门开了，而我仍然咳得很厉害。是她的父亲，和照片上一样的父亲，但更苍老，更悲伤，更疲倦。我咳得更厉害了，为了让自己彻底战胜咳嗽，我问他是不是裁缝。他把头歪向一边，示意是的。"嗯，我想做套西装。"他让我去工作间。"永远不要让他给你做衣服，"阿贝雅内达曾说，"他做所有衣服用的都是同一个人体模型的尺寸。"人体模型——毫无惧色，面带嘲讽，残缺不全——就在这里。我选好布料，列数了几个细节，商量好了价格。之后他走到里间的门前，不声不响地敲了敲门："罗莎。""我母亲知道我们的事，"她曾说过，"我母亲知道我所有的事。"但我们的事不包括我的姓氏，我的面孔，我的身高。对她母亲来说，我们的事是阿贝雅内达和一个无名的恋人。"我妻子，"她父亲介绍说，"这位先生，您刚才说您姓什么来着？""莫拉莱斯。"我说了谎。"对，莫拉莱斯先生。"

母亲的眼睛里透着哀伤。"他要做一套西装。"他们两人都没有服丧，带着一种淡淡的、自然的苦涩。母亲对我微笑。我不得不看向人体模型，因为承受这也曾属于阿贝雅内达的微笑超出了我的能力。她翻开一个本子，父亲开始给我量尺寸，读出两位数的数字。"您是这个街区的人吗？七十五。"我说差不多。"我这么问，是因为我看您面熟。五十四。""嗯，我住在中心区，但经常来这儿。""啊，那就对了。七十九。"她机械地记录着，望着墙壁。"裤子要垂到鞋面上，对吗？一零七。"我要在下周四过来，来试穿。桌子上有本书：布拉瓦茨基。他得离开一会儿。母亲合上本子，看向我："您为什么来找我丈夫做西装？谁向您推荐他的？""哦，没什么特别的人。我碰巧得知这里住着位裁缝，仅此而已。"听起来如此没有说服力，令我感到羞愧。她又看了我一眼："现在他很少工作了。自从我女儿死后。"她没有说去世。"啊，当然。已经很久了吗？""快四个月了。""我很抱歉，夫人。"我说。而我，我所感受到的确切地说不是一种痛苦，而是像一场灾难，一场崩塌，一片混乱，我意识得到这个谎言，因为说声"很抱歉"来表示哀悼，如此轻浮，如此迟钝，这实在太可怕了，几乎和说"去世"一样。而尤其可怕的是，我是和唯一一个可以理解我、可以理解真相的人这样说的。

2月13日，星期四

今天是试穿的日子，但裁缝不在。阿贝雅内达先生不在。我进门时他的妻子告诉了我："他没法等您，但把一切都准备好了，您可以试穿了。"她去了另一个房间，然后拿着外套出现了。穿在我身上很难看。说到底，他按照人体模型的尺寸做衣服是真的。忽然我转向了一侧（实际上，是她用别针和用粉笔做标记的借口，让我转向了那一侧），站在了一张上周四并不在这里的阿贝雅内达的照片面前。这一打击过于突然，过于巨大。母亲在观察我，她的双眼一五一十地记录下了我可怜的惊愕。于是她将剩下的别针和粉笔放在桌子上，在向我提问之前，露出了一个悲伤的、已经确定的微笑："您……是？"在第一个词语和第二个词语之间，有一个持续了两三秒的空白空间，但那寂静足以令问题变得透明。必须要回答了。我一言不发地回答；用头，用眼睛，用我整个人说了是。阿贝雅内达的母亲将一只手搭在了我的手臂上，搭在那只还没有袖子的手臂上，一个笨拙的绷线项目正在那里若隐若现。之后，她慢慢地帮我脱掉外套，把它挂在了人体模型上。它穿着可真合适。"您想知道，对吗？"我肯定她看着我的时候没有带着怨恨，也没有羞愧，没有除了痛苦而疲惫不堪的怜悯之外的任何情感。"您认识她，爱她，您一定备受折磨。我知道您的感受。

您觉得您的心脏像一种开始于胃终结于喉咙的巨物。您觉得不幸，为自己觉得不幸而快乐。我知道这有多可怕。"她说话时，仿佛又见到了昔日的知己，但也带着比当下的痛苦更多的东西。"二十年前有个人死了。一个曾经是一切的人。但让他死去的不是这种死亡。他只是，离开了。从这个国家，从我的生命中，特别是从我的生命中。这种死亡更糟，我向您保证。因为正是我请求他离开的，而直到现在我也没有原谅自己。这种死亡更糟糕，因为一个人会被自己的过去囚禁，被自己的牺牲摧毁。"我在想自己该说什么，她用一只手抚过后颈："我不知道为什么要给您讲这些事。"然而她又补充道，"劳拉是他留给我的最后的东西。所以我又一次感到心脏像一种开始于胃终结于喉咙的巨物。所以我知道您正在经历什么。"她拿过一把椅子，筋疲力尽地坐在上面。我问："那她，知道这些吗？""不知道，"她说，"劳拉对此一无所知。我是我故事唯一的主人。可怜的骄傲，是吧？"忽然我想了起来："那您关于幸福的理论呢？"她露出了微笑，几乎毫不设防的微笑："她连这都跟您讲了？那是个美丽的谎言，一个让我的女儿不要迷失、让我女儿感受生命的童话故事。那是我送给她的最好的礼物。可怜的孩子。"她睁着眼睛哭了，没有伸手去擦脸上的眼泪，维持着骄傲哭泣。"但您想知道。"她说。于是她给我讲了阿贝雅内达最后的日子，最后的话，最后的时刻。但我永远都不会将它们写下来。那是我的。纯粹是我的。它将在夜晚等待我，在所有的夜晚，等着我重拾失眠的线，然后说出："爱"。

2月14日，星期五

"他们彼此相爱，这我肯定，"关于她的父母阿贝雅内达曾这样说，"但我不知道那是否是我喜欢的相爱方式。"

2月15日，星期六

埃斯特班的朋友打电话来，通知我退休的事已经办好了。3月1日我就不用再去办公室了。

2月16日，星期天

今天早晨我去取西装。阿贝雅内达先生快把它熨好了。房间里满是照片，而我无法停止看她。"是我女儿，"他说，"我唯一的女儿。"我不知道自己是怎么回答他的，也不想去回忆了。"她不久前死了。"又一次，我听见自己说出了"我很抱歉"。"有趣的是，"他立即补充道，"现在我发现自己对她一无所知，从来没有向她表示过我多么需要她。从她还是个小女孩开始，我就一直拖延着我承诺要和她进行的重要谈话。起初是我没有时间，后来她开始工作了，然后，而且，我相当懦弱。觉得自己多愁善感的时候，我会有点害怕，您明白吗？真的，现在她不在了，而这个重负留在了我胸中，那些从未存在过的话本来会成为我的救赎。"有一刻他停了下来，看了一会儿照片。"我常常想，她跟我一点也不像，您觉得有哪里像吗？""一种总体上的气质。"我说了谎。"也许吧。但在灵魂深处她确实和我一样。更准确地说，是和以前的我一样。因为我现在觉得自己被打败了，而当你让自己被打败时，就会渐渐扭曲，渐渐变成自己粗俗的模仿者。您看，我女儿的死是一场阴谋。如果您认识她，就会明白我想跟您说的是什么。"我连续眨了十次眼睛，但他没有注意。"只有在一场阴谋中才能处理掉一个这样的姑娘。她（我该怎么和您形容呢？）是一个干净的生灵，同时又很强烈，同时又害怕自己的强烈。她很惹人喜爱。我一直都认为自己配不上这个女儿。她母亲值得她，因为罗莎是个人物，罗莎有能力面对这个世界。但我缺乏决断力，我缺乏信心。您曾经想过自杀吗？我想过。但我永远做不出来。而这也是一种匮乏。因为关于自杀，除了一枪打在太阳穴上所需要的勇气，我有全部心理和道德上准备。也许秘密就在于，我的大脑有一些属于心灵的需要，而我的心又有一些属于大脑的完美主义。"他又一次一动不动地站在原地，这次举着熨斗，望向照片。"您看看这双眼睛。您看看它们如何继续凝视，超越习俗，超越她的死亡。甚至看起来在望着您。"这句话被搁置在那里。我没有办法呼吸。他已经没有话题。"嗯，弄好了，"他小心翼翼地折好裤子，"这是块讲究的好布料。您看它有多好熨。"

2月18日，星期二

我不会再去368号了。事实上，我不能再去了。

2月20日，星期四

我有一段时间没见过阿尼巴尔了。也没有任何哈伊梅的消息。埃斯特班只跟我聊些一般性的话题。比格纳雷打电话到办公室找我，我让他们说我不在。我想一个人待着。最多，和我女儿说说话。说说阿贝雅内达，当然了。

2月23日，星期天

今天，在四个月之后，我来到了公寓。我打开了衣柜。她的香水在那里。这并不重要。重要的是她的缺席。有些时候，我察觉不到惯性与绝望之间的细微差异。

2月24日，星期一

很显然，上帝给了我一种黑暗的命运。甚至不是残酷。只是黑暗。很显然，祂给了我一次休战。起初，我拒绝相信这会是幸福。我曾经用全力抵抗，但之后放弃了，并且相信了它。但那不是幸福，只是一次休战。现在我又一次被卷入了自己的命运。而它比之前更加黑暗，黑暗得多。

2月25日，星期二

从3月1日开始，我不会再带着这个日记本了。世界失去了它的意趣。记录这一事实的将不再是我。只存在一个我可以写的主题。但我不想再写了。

2月26日，星期三

我多么需要她。上帝是我最重要的匮乏。但比起上帝，我更需要的是她。

2月27日，星期四

办公室的人想为我组织一场告别仪式，我没有接受。为了不显得失礼，我以家庭问题为由找了个很可信的借口。事实是我无法将自己想象成一顿愉快、喧闹的晚餐的乏味理由，伴着面包的轰炸，还有溢出的葡萄酒。

2月28日，星期五

最后一天工作。没有任何工作，当然了。我是在握手和拥抱中度过的。我相信经理心满意足，而穆纽兹真的感动了。我的办公桌就留在了那儿。我从未想过自己会对脱离例行公事如此满不在乎。抽屉空了。我在一个抽屉里找到了一张阿贝雅内达的证件。她把它放在了那儿，为了让我们把号码登记在她的个人档案里。我把它装进了口袋，它就在那儿。照片应该是五年前的，但四个月前的她更美。另一件已经很清楚的事情，那就是她母亲错了：我并不为感到不幸而快乐。我只是单纯地感到不幸。办公室结束了。从明天开始直到我死的那一天，时间将任由我支配。在如此漫长的等待之后，这就是闲暇。我该用它做什么？

译后记

　　对马里奥·贝内德蒂来说，《休战》引起的反响颇为神秘。自 1960 年出版以来，这部日记体小说再版逾一百五十次，被译成近二十种语言，陆续被改编成广播剧、话剧、电视剧和电影，其中由阿根廷导演塞尔吉奥·雷南执导的同名电影曾获奥斯卡最佳外语片提名。而在贝内德蒂最初的设想中，《休战》与他之前的作品一样，面向的是乌拉圭本国的读者，更确切地说，是蒙得维的亚本城的读者。

　　"乌拉圭是世界上唯一一达到了共和国级别的办公室。"在与《休战》同年出版的杂文集《麦草尾巴的国家》中，贝内德蒂曾这样写道。看似戏言，实则是他亲身经历过的真实。在广阔的拉丁美洲，乌拉圭并不是显山露水的国家，但在上世纪初，这个弹丸小国却有"美洲的瑞士"之称，社会发展程度可与欧洲比肩。"二战"结束后，原本倚赖农牧产品出口的乌拉圭经济开始转型，国家层面上的工业化为民众提供了大量工作岗位。在一个无数人尚于动荡中求生存的年代，这样的生活，于外人看来是安稳的。

乌拉圭首都蒙得维的亚，还是一座不折不扣的"公务员之城"。《休战》成书的年代，城中公务员的数量比伦敦足足多出三倍。不少职员会比上班时间提前半小时到办公室，只为在当天的工作中抢到一把椅子，因为雇员的数量比椅子多得多。

寻求官僚主义的庇护，过稳定的生活，在当时的蒙得维的亚近乎宗教。即便自幼以写作为志业，在这座城市长大的贝内德蒂也未能偏离这条既定的轨道。他十四岁开始打零工，十六岁为糊口中断了学业，前半生从事过的工作可以列出一份长长的清单：在汽车零配件公司从学徒一路做到部门主管，曾任国家统计局的公务员，既当过出纳、速记员、房产中介会计，也是英语和德语翻译、记者和杂志主编。

例行公事保障了生活，却无法带来平静。看着身边一个个聪慧、敏感的人在一成不变的生活中逐渐黯淡，贝内德蒂感到持续的不安。安稳自然不是幸福的同义词，在波澜不惊的表象之下，人的内心世界正在发生什么？

"起床，电车，四小时办公室或工厂的工作，吃饭，电车，四小时的工作，吃饭，睡觉，星期一，星期二，星期三，星期四，星期五，星期六，大部分的日子一天接一天按照同样的节奏周而复始地流逝。可是某一天，'为什么'的问题浮现在意识中，一切就都从这略带惊奇的厌倦中开始了。"

《西西弗的神话》中"略带惊奇的厌倦"，也是《休战》的底色。年近半百的公司职员马丁·桑多梅打开了一个日记本，在临近退休的一年中记下生活中不足为外人道的瞬间。办公室生活的庸常与残酷，妻子去世后感情生活的长久空白，杂糅着爱意、隔阂与误解的亲子关系，与同事、友人日常交流中隐藏的暗涌……林林总总，拼贴起荒诞世界中孤独个人的情绪体验。

"如果意识不到（只是思想上，当然）我其实高于这种庸俗，可能我会更容易忍受自己的生活方式。知道在自己身上有——或者有过——达到另一种可能性的充足条件，知道自己高于——虽然没有太多——我那令人精疲力尽的工作，高于我屈指可数的消遣，高于我日常对话的节奏：知道这一切其实对我的平静毫无帮助，反而令我感到更加沮丧，更加无力克服客观条件。"

平凡却不平庸，又因为不平庸而无法平静。桑多梅被日复一日的例行公事消磨，却仍然珍视自己的感受力和精神世界；不善于表达情感，习惯了以面具示人，但始终相信真诚的价值；逃不出时代的局限，无法摒弃主流社会的偏见，同时又有独特的看世界的方式、过人的洞察力和反思精神。对一个足够敏感、又有能力拆解敏感的人而言，在充满敌意的世界面前履行职责、守住底限、保全真诚，不啻于一场苦战。

除了对存在意义的追问，《休战》的动人之处还在于对爱情的呈现。阿贝雅内达的出现，使桑多梅发现原来自己在情感上并未干涸。两个拥有清晰自我意识的人，思想碰撞时获得的满足，灵与肉相遇时发出的叹息，逐渐跨越年龄的鸿沟，改变对感情的不愿定义，克服旁人的偏见，甚至缓解了在世界面前的孤独感。而这份爱情也伴随着不安和犹疑，令人陷入更深的无助，几乎无可避免地带来失去——不是一个角色失去另一个角色，而是一个人失去另一个人。

在青年贝内德蒂笔下，日常生活是与虚无对抗的漫长战事，而爱情与爱情带来的真正的沟通，是生命中能够发生的最好的事情。休战带来的平静转瞬即逝，余下的是不知如何是好，是更深的疏离。这种疏离感无所谓克服，只能描述，只能追问。或许，这描述，这追问，是唯一可抚慰这孤独的。又或许，我们与世界最真实的关系，正倒映在这些四顾茫然的时刻和心生恐惧的瞬间，如同贝内德蒂多年后在诗中写的：

如何调和

破坏性的

死的念头

与无法抑制的

生的渴望？

如何把

对虚无将至的恐惧

与短暂而真正的爱情

那侵略性的快乐

联结在一起?

如何用耕地

让墓碑失效?

用康乃馨

让钐镰失效?

人会不会正是那种种?

那场战役?

　　第一次读到《休战》是 2012 年的冬天,从书架上偶然抽出这本书时,并未想过它会带来如此强烈的情感体验。这不是之前所熟悉的拉丁美洲文学,不痴迷于精巧的结构和繁复的文本游戏,没有语不惊人死不休的遣词造句,但贝内德蒂平实准确的文字,犀利的笔触,以及字里行间对具体的人深挚的关心与理解,使我萌发了翻译这本书的愿望。感谢小艾,感谢作家出版社和这本书的责任编辑赵超老师,让《休战》的出版成为可能。也谢谢多年的邻居和好友 Isabel,还有因疫情原因尚未谋面的两位乌拉圭朋友 Celiar 和 Leopoldo，在我们居住的城市最惶然的日子里，仍然热情地为我答疑解惑。虽然桑多梅深信"每个人都只是地球上一个地方的人"，但作为贝内德蒂的读者，始终期待他笔下的蒙得维的亚人走到我熟悉的人们身边。译文不足之处，还望读者诸君指正。

韩　烨

2020 年 6 月 16 日

于马德里